독서와 작문 커뮤니티

셀프업 8

독서와 작문 커뮤니티

지현배 지음

이담 Books

책 읽기와 글쓰기는 문화적 전통이라는 토대를 공유한다. 그래서 글쓰기는 지식이나 정보를 엮는 것으로 완성되지 않는다. 누구에게서 배우는 것만으로 터득할 수 있는 것도 아니다. 이 책에서 커뮤니티는 '공동체'의 개념으로 쓰인다. 글쓰기 공부의 공동체이자 독서와 글쓰기 지도의 공동체이면서 생활 공동체를 지향한다. 이것은 읽고 쓰는 시간의 축적을 통해 터득한 지혜를 나누는 길이다. 그러므로 커뮤니티의 이상과 존재 가치는 '결과'가 아닌 '과정'이다.

이 책의 내용은 대구교육대학교에서 2007년 전후로 진행했던 '독서논술 지도사 과정'과 '독서논술 커뮤니티' 강좌의 보고서이다. 우리는 책 읽기와 글쓰기의 '원리'라는 추상적인 틀을 주입하는 교재나 강좌와는 다른 길을 모색했다. 그래서 커뮤니티의 출발점은 '현실'이었다. '지금, 여기' 학생들의 실상에서 파악한 장단점을 대상으로 개선안을 모색하였다. 그 과정을 공유하고, 깨달음을 나눠 갖는 것이 목표였다. 경험과 지식 공동체의 실현이 우리의 과제였고, 희망이자 에너지였다.

커뮤니티 경험을 통해 탄생한 결과는 이 책의 본문으로 자리를 잡았다. 독서와 작문의 기본 원리는 1-3장, 문장 쓰기의 원리는 4-6장, 소통의 원리와 요건은 7-8장에 실었다. 그리고 이와 연관된, 논제 개발과 첨삭 지도 과정은 9-10장에 소개했다. 커뮤니티를 시작할 때 설계했던 수업의 내용(수업 내용을 순서대로 엮으면 책이 된다)은 부록에 실어서, 자녀 지도를 위한 얼개를 잡을 때 참고할 수 있게 했다. 이 결과물을 디딤돌 삼아 다시 새로운 길을 열어야 한다.

2009. 4.
지은이 씀.

차례

00

독서와 작문

한국어능력과 글쓰기 특징

::한국어 화자가 한국어 작가다

글쓰기는 선택받은 이의 특권이다

우리의 최초의 글쓰기 경험은 한글 자모를 익히는 것으로 시작한다. 자기 이름과 엄마 아빠 등의 기초 어휘를 훌륭히 쓸 수 있게 되었을 때, 주변의 부모님이나 선생님에게 우리는 자신이 얼마나 대견한 존재였는지를 기억한다. 오랜 세월 동안 문자를 익히는 것은 극소수 상류층의 특권이었다. 그들은 문자를 익힘으로써 고급 정보를 독점하고, 권력을 장악하고, 부를 축적하면서 그들의 카테고리를 만들고, 대물림을 통해서 그것을 유지했다. 그 힘의 원천은 문자를 익혀 글을 읽고 쓸 수 있는 데에 있었다. 아버지 세대까지 그것은 크게 달라지지 않았다.

♥ 억압과 고통이 글쓰기 관련 기억이다

20살이 되기까지 학교에서의 글쓰기 경험을 하나씩 떠올려 보면, 최초의 핑크빛 기억은 퇴색되었음을 알 수 있다. 시간에 쫓기며 가물가물한 기억을 모자이크했던 주관식 답안지, 개학 사흘 전 친구로부터 입수한 한 달 분의 날씨를 토대로 쓰기 시작했던 일기, 필독서 권장도서를 읽고 써 내야 했던 감상문, 다시 떠올리고 싶지 않은 논술 연습지 등이 우리의 기억 목록이다. 시험과 숙제로 수행했던 글쓰기의 경험은 우리의 무의식 속에서 고통과 억압으로 기억되고, 회피와 외면으로 반응한다. 우리가 공유하는 회색빛 기억의 고향은 찬란한 천연색이었다.

♥ 한국어 능력이 글쓰기의 바탕이다

글을 쓸 수 있는 사람은 음성언어로 말하고 문자언어를 터득한 사람들이다. 한국어 글쓰기는 한국어를 말할 수 있고, 한글을 읽고 쓸 수 있는 사람이다. 오케스트라 지휘자는 동시에 연주되는 수십 개의 소리를 하나하나 따로 들을 수 있는 능력을 타고나야 한다. 이것은 일반인이 노력으로 도달할 수 있는 경지가 아니다. 그러나 말은 특별히 노력하지 않아도 누구나 균등하게 터득한다. 한글은 세계에서 가장 배우기 쉬운 문자이기도 하다. 이는 한국인에게는 큰 축복이다. 한국어로 말하고 한글을 깨친 우리는 모두 글쓰기 준비를 훌륭하게 마친 사람이다.

::일상인도 고급 한국어를 쓰고 있다

♥ 자연계 코드는 하나의 값을 갖는다

2＋3＝□, 2×3＝□, 2÷3＝□이라는 코드에서 □ 속에 들어갈 값은 시간과 공간을 초월하여 고정되어 있다. 그것은 백 년 전이나 천 년 후에도 같은 값을 가지며, 한국 땅에서나 미국 땅에서도 같은 값을 갖는다. 이런 수식에서 보듯 자연과학의 세계는 하나의 코드에는 하나의 값만 대응되는 것이 특징이다. 일상어의 영역에서는 신문기사나 제품 사용 설명서 등이 이런 특징에 부합한다. 이들에게는 하나의 코드가 한 가지 의미로만 해석되도록 쓰는 것이 미덕이다. 계약서의 문구가 여러 가지 의미로 해석된다면, 그것은 계약서의 기능을 이미 상실한 것이다.

♥ 〈사랑해〉의 값을 기억하라

'사랑해'라는 코드의 값도 '2＋3'과 같을까. 연인이 마주 보고 '사랑해'라고 말할 때, 그것은 사전에 기술된 값에 가장 가까운 용법이다. 용돈이 떨어진 대학생이 "엄마 사랑해."라고 말할 때 그것은 '엄마 송금 좀 해줘'의 의미이다. 출근하는 아빠에게 "아빠 사랑해."는 '아빠 힘내세요.' 등의 값이고, 출근하는 남편에게 "여보 사랑해."는 '일찍 들어와.' 혹은 '돈 많이 벌어와.' 등의 값이지만, 아내가 남편에게 하는 이 말은 때로는 '바람 피우면 죽여 버릴 거야!'라는 의미로 사용되기도 한다. 같은 코드이지만,

그것은 상황이나 문맥에 따라 사전의 의미를 초월하는 새로운 의미 값을 갖는다.

♥ 일상어도 기계 번역이 쉽지 않다

시 소설뿐만 아니라 일상에서도 비유의 코드가 사용되고 있다. 비유는 그 낱말이 사전에 올라 있는 의미를 초월해서 사용되는 것이 특징이다. 한국어 화자들은 자신이 인지하지 못하는 사이에 이미 언어의 고급 기능들을 능숙하게 부려 쓰고 있다. 우리는 "잘~ 한다."가 'good'과는 다른 혹은 정반대의 뜻으로 쓰이고 있음을 문맥 속에서 알 수 있다. 또한 우리는 "놀고 있네."라는 표현을 접하고 'playing 중이군.'이라는 의미로 이해하지는 않는다. 이들이 사전에 올라 있는 것과는 다른 값(의미)을 가진다는 사실을 알고 있는 사람은 이미 한국어 고급 사용자이다.

::글쓰기는 디스플레이하기다

♥ 백화점 물건도 고물상에 두면 고물이다

상대적으로 더 많은 비용을 지불하더라도 우리가 물건을 사러 백화점에 가는 이유가 있다. 재래시장에 비해서 할인점을 선호하는 이유도 있다. 원하는 물건이 있는 곳을 쉽게 찾을 수 있고, 구입하는 데 소요되는 시간이나 노력이 적게 드는 것도 쇼핑 장소를 선택할 때 고려되는 중요한 요소이다. 백화점에 진열되었던 물건을 그대로 실어다 고물상 바닥에 풀어 놓으면 물건의 값어치가 어떻게 달라질까. 같은 정보로 구성된 두 글에 대한 평가가 달라지는 것도 이런 이유 때문이다. 우리가 쓰는 글에서 무엇을 쓰는가 못지않게 어떻게 배열하느냐가 중요한 문제이다.

♡ 원칙이 단순해야 소통이 원활하다

우리가 글을 쓰는 목적은 분명하다. 읽는 사람에게 내가 가진 정보를 제대로 전달하기 위해서이다. 그 정보는 나만의 생각이거나 내가 남보다 먼저 알아낸 사실이나 지식일 수도 있다. 글쓰기를 통해서 나만의 정보였던 것은 비로소 소통을 위한 발걸음이 시작되고, 독자에게 읽히기 시작하면 그 정보는 타인과의 공유와 확대 재생산이라는 물결을 타게 된다. 그래서 글쓰기의 승패는 타인의 이해와 공감 여부가 결정한다. 동원되는 원칙의 수를 줄이고, 원칙의 적용을 일관되게 해서 독자가 예측 가능한 독해를 할 수 있도록 섬세하게 배려하는 것을 소홀히 할 수 없다.

♡ 학습은 감성에 좌우되고 희열로 꽃 핀다

공부를 떠올릴 때 우리에게 친숙하게 다가오는 것이 근면 성실 끈기 등이다. 이들은 우리 곁을 오래 지켜 온 소중한 미덕임에 틀림없다. 공부는 인지 영역의 활동임에 틀림없지만, 많은 연구자들은 학습 동기는 감성이 좌우하고, 공부를 지속하는 추진력이 되는 에너지도 그것에 뿌리를 두고 있다고 한다. 좋아하는 선

생님의 과목에서 더 좋은 성적이 나오는 경험을 떠올려 볼 때도
그렇다. 깨달음의 희열이 주는 황홀한 경험에 도달하기 위해서도
쓰기에 대한 부담과 거부감에서 헤어나야 한다. 글쓰기는 곡괭이
를 들고 정보의 금맥을 찾아 헤매는 도박이 아니다.

제목의 가치
글의 내용에 부합하는 제목 달기

♡ 제목의 가치

글의 제목은 글의 얼굴이다. 글을 쓴 이와 독자 사이의 대화의 관점에서 보면, 제목은 소통을 위한 첫인상이기도 하다. 글의 내용을 함축적으로 보여 주는 제목은 '내 실체'의 껍질의 형태는 물론 속살의 향까지도 맛보게 한다. 이는 내 생각의 알맹이로 통하는 길을 여는 안내자의 역할을 하는 것이다. 또한 제목은 그냥 지나칠 수도 있는 독자에게 접근하여 독자의 관심을 끌기도 한다. 이때 제목은 나의 이념과 주장이 실체를 경험하게 하는, 내 영혼의 선봉내이기도 하다.

♡ 표지판의 역할

우리가 길을 갈 때 길을 안내하는 표지판은 유용한 역할을 한다. 그것은 하나의 화살표로 존재하기도 하고 목적지까지의 거리를 나타내는 숫자로 표시되기도 한다. 간단한 기호나 숫자에 지나지 않지만, 이들은 우리가 한 번도 가보지 않은 목적지까지 우리를 안내하는 유용한 정보를 담고 있고, 우리는 우리의 목적을 달성하기까지 이 정보들에게서 실질적인 도움을 얻는다. 만약 표지판에서 보여 주는 것이 실제의 내용과 차이를 보인다면, 우리가 그 표지판에 의지해서 길을 찾고자 할 때 시행착오를 겪을 수밖에 없다.

 예측 가능한 제목

물건을 파는 가게나 식당의 간판을 보면 우리는 그 가게에서 무엇을 살 수 있을지 안다. 간혹 무엇을 파는 가게인지 알 수 없는 간판을 보면서 궁금해하거나 당황해 하기도 한다. 어떤 이는 간판만 보고 들어갔다가 자신의 예상이 전혀 빗나간 경험을 하기도 한다. 글에서 제목도 일상에서 경험하는 간판과 마찬가지이다. <그놈이라면>이라는 분식점이 새로 생겼다. <라면> 전문점인데, 남성복, 성인용품 등 여러 가지 상상을 불러일으키는 간판이다.

[보기글 1: 대구 OO초등학교 5학년 OO원]

제목: 나의 꿈, 선생님

나는 1996년 12월 27일 금요일 새벽에 태어났다. 새벽에 태어났지만 새벽에 태어난 것처럼 부지런하지 못하다. 나는 4살까지 이모 집에서 살았다. 그 이유는 엄마가 대구 OO병원에서 일하는 간호사이었기 때문이다. 내 동생이 내가 4살하고도 4개월이 지나자 태어났고, 그 때문에 나는 지금 살고 있는 우방아파트에 오게 되었다.

내가 7살 즈음엔 아빠의 직업인 경찰이 꿈이었다. 그리고 8살 때에는 만화가, 9살, 10살 때에는 작가가 꿈이었다. 그러나 지금, 4학년 때, 김은정 선생님을 만나고 꿈이 달라졌다. 초등학교 교사로 김은정 선생님께서는 원래 영남대학교를 다니셨다고 한다. 그런데 다시 선생님을 꿈꾸게 되어 대구교육대학에 입학하고 교사가 되었다고 한다. 내가 내 미래가 어떻게 될지 모르겠지만 꿈을 가지고 그 꿈에 충실하고 그 꿈을 이루기 위해 노력한다면 내가 내 미래를 바꿀 수도 있지 않을까. 그래서 나는 선생님이 되기 위해 노력할 것이다.

 ## 제목에서 갖는 기대

위의 글은 초등학교 5학년이 쓴 것이다. 제목을 통해 우리가 알 수 있는 것은 이 학생은 선생님이 되고 싶어 한다는 사실이다. 이런 제목을 접했을 때 우리는, 이 학생은 어떤 계기로 '선생님이 되고 싶다.'는 꿈을 갖게 되었을까, 어떤 선생님 상을 그리고 있을까(어떤 선생님이 되고 싶어 할까, 인자한 선생님, 사랑을 나누는 선생님, 유용한 지식을 전달하는 선생님, 아동들의 꿈을 심어 주는 선생님, 더불어 사는 것을 강조하는 선생님, 영재를 길러 내는 선생님……) 등이 궁금해진다.

 ## 기대의 충족

이런 기대를 갖고 글을 읽어 나갈 때, 우리는 제목을 보면서 기대했던 정보들을 발견하기를 바란다. 그 정보는 독자가 예상한 위치에서 예상한 방식으로 혹은 예상한 형태로 다가오기도 한다. 때로는 독자가 예상하지 못한 방향과 형태로 제시되기도 한다.

독자는 자신에게 '낯선' 방식으로 그 정보를 취하게 될 때 색다른 재미를 느끼기도 하는데, 이는 전혀 예상하지 못했던 답을 통해 웃음을 유발하는 개그 프로그램에서 느끼는 재미와 같은 것이다. 어떤 경우이든 한 줄 한 줄 읽어 가면서 기대했던 정보를 접할 수 있다면 독서의 목적은 달성되는 것이다.

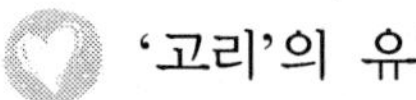 '고리'의 유무

이런 생각을 염두에 두고 [보기글 1]을 바라볼 때 우리는 이 글을 통해서 우리의 기대를 충족할 수 있을까. 첫 문단은 태어난 일시, 살아온 곳, 엄마의 직업, 동생의 출생 등에 관한 정보를 담고 있다. 그러나 첫 문단에서 제시하고 있는 몇 가지의 정보들이 글을 쓴 아동이 '선생님'이 되고자 하는 꿈을 갖게 된 것과 어떤 '관련'이 있는지에 대해서 우리가 알 수 있는 것은 별로 없다. 그런 관련을 갖기 위해서 우리 사회의 구성원들이 공유하는 어떤 정보와 연결되는 '고리'가 있어야 하지만, 그 고리를 우리는 발견할 수 없다.

정보의 유용성

금요일에 태어난 사람 혹은 새벽에 태어난 사람은 선생님이라는 직업에 어울린다는 통계나 이와 관련된 속담이라도 있다면 우리는 어느 정도의 기대를 충족할 수 있을 것이다. 간호사의 자녀가 선생님의 직업과 어울린다는 의학적인 근거가 있어도 좋겠다. 혹시라도 우방아파트라는 브랜드나 지리적 위치가 선생님이라는 것과 연결될 수 있는 속설이나 소문이라도 있다면 그것은 유용한 가치를 가지는 진술이 될 수 있다. 그러나 이들이 제목에 서 떠올린 우리의 기대를 충족시킬 수 없는 정보이기는 마찬가 지다.

제목: 우리나라의 역사

나의 장래희망은 역사학자이다. 우리나라 고대의 역사와 사실 에 대해 알아 가는 것이 재미있기 때문이다. 내가 역사에 관심을 갖게 된 것은 2학년 때였다. 어머니께서 하루는 '우리역사의 벌판 에서 달려보자'라는 책을 빌려 오셔서 읽게 되었다. 그 책에는 잘 알려지지 않은 우리의 문화재, 우리의 역사 등이 너무 재미있게 나와 있었다. 그 책을 읽은 이후로 나는 역사학자가 되기로 결심 했다.

내가 커서 역사학자가 된다면 잘 알려지지 않은 우리의 역사와 일본과 중국의 역사왜곡들을 막을 수 있는 증거를 찾아내어서 반 드시 우리의 역사를 지키고 싶다. 역사를 빼앗기고 어떻게 국민 이 자부심을 가질 수 있을까? 나는 우리나라의 국민이 어느 나라 국민보다도 그 나라의 역사를 잘 아는 국민이 되었으면 좋겠다.

다시 한 번 말하지만 나의 꿈은 역사학자이다. 나의 꿈을 이루 기 위해 그 누구보다도 열심히 또 노력할 수 있는 사람이 되었으 면 한다.

 숙련된 코드

위의 [보기글 2]는 초등학교 5학년이 쓴 글이다. 첫 문단에서 장래의 희망이 역사학자라는 것을 밝히고, 역사학이 주는 재미, 역사에 관심을 갖게 된 구체적인 계기, 그리고 역사학도의 길을

가고자 하는 결심 등이 나타나 있다. '장래 희망' 혹은 '꿈'에 관한 글을 대할 때 독자들이 기대하는 것을 적절하게 잘 보여 주고 있는 것이 이 글의 큰 장점이다. 눈 밝은 독자라면 이 글을 쓴 아동이 글쓰기 연습이 되어 있음을 발견할 수 있는 대목이기도 하다.

 하고 싶은 일

첫 문단에서 역사학자의 꿈을 갖게 된 동기를 보여 주고 있다면, 둘째 문단에서는 역사학자가 되어서 하고 싶은 일에 대해서 적고 있다. 동북아시아의 역사 왜곡을 바로잡고자 하는 희망에서 우리는, 이 아동이 근래 중국의 동북공정이나 일본의 독도 사태 등에 관한 상식을 갖고 있으며, 나아가 주변국의 부조리한 처사에 대한 정의감을 갖고 있다는 것을 발견할 수 있다. 뿐만 아니라 역사의 문제를 민족자존의 문제와 연결하고 있음을 알 수 있다.

 인식의 깊이

이 글을 통해서 우리는 이 아동이 발견하고 경험한 혹은 그리고 있는 인식의 깊이와 폭을 감지할 수 있다. '과거와 현재의 대화' 혹은 '과거의 탐구를 통한 현재와 미래를 설계할 지혜 찾기' 등 역사에 관한 탐구를 통해서 어렵지 않게 접할 수 있는 이런 개념을 풀어내었더라면, 소위 '준비된' 역사학도임을 확인시킬 수 있었을 것이다. 이런 장치를 통해서 독자는 이 아동의 꿈에 관해 신뢰를 더할 수 있다. 이런 신뢰를 획득하는 것이 곧 이 글의 가치를 높이는 길이기도 하다. 유용한 가치를 지닌 글은 소위 '테크닉'으로 이룰 수 있는 것이 아님을 명심해야 한다.

 ## 오해를 부르는 제목

'인식의 깊이'라는 측면에서 한계를 보이고 있지만, 그것은 초등학생에게 요구할 수 있는 기대치를 낮춰야 하는 문제이기도 하다. 그런 관점에서 위의 글은 충분히 면죄부를 받을 수 있는 일이기도 하다. 일면 대단히 세련되어 보이는 [보기글 2]가 가진 결정적인 약점은 제목 달기에 실패하고 있다는 점이다. 제목은 내용을 대표하는 것이면서 동시에 글의 내용에 부합하는 것이어야 한다. <라면> 간판을 달고 피자를 파는 가게는 얼마나 많은 오해와 편견 앞에 노출될 것인가. 소비자가 경험하는 당혹감은 곧 그 가게의 매출로 드러날 것이다. 글도 마찬가지다.

[1 - 2][1]

그림들의 이름 붙이기

- 다음에 나와 있는 그림들의 이름을 붙여 보세요.

1. (   )

2. (   )

---

1) 학년 표시. [1 - 2]는 1, 2학년 대상이라는 의미이다. 아래에도 같다.

3. (   )

4. (   )

5. (   )

6. (   )

■ 네모 상자 안에 들어 있는 것들에 맞는 이름을 붙여 보세요.

1. (   )

잠자리	메뚜기	풍뎅이
나비	사마귀	모기

2. (   )

축구	배구	골프
농구	테니스	야구

3. (   )

할아버지	이모	형
아버지	삼촌	외할머니

4. (   )

운동화	구두	샌들
등산화	슬리퍼	부츠

5. (   )

검정	빨강	파랑
하양	노랑	초록

6. (   )

봄	여름	가을
겨울		

7. (　　　　　　　　　)

| 선생님 | 학생 | 체육관 |
| 교실 | 운동장 | 양호실 |

8. (　　　　　　　　　)

| 사과 | 딸기 | 키위 |
| 배 | 오렌지 | 포도 |

9. (　　　　　　　　　)

| 사자 | 기린 | 낙타 |
| 호랑이 | 하마 | 원숭이 |

10. (　　　　　　　　　)

| 꾀꼬리 | 독수리 | 비둘기 |
| 종달새 | 갈매기 | 앵무새 |

대화에 맞는 제목 붙이기

■ 다음 네모 안에 있는 말들은 어떤 대화를 나눌 때 쓰는 말들인지 써 보세요.

1. (　　　　　　　　　　　　　)

안녕히 주무셨어요?
좋은 아침입니다.
늦었구나, 빨리 일어나거라.

2. (   )

영희 좀 바꿔 주세요.
잠시 후에 다시 걸어 보세요.
잘못 거셨습니다.

3. (   )

서울역으로 가 주세요.
이쪽에서 좌회전하시면 돼요.
빨리 좀 가 주세요.

4. (   )

이 생선은 싱싱한가요?
세 마리 주세요.
좀 싸게 해 주세요.

5. (   )

어젯밤부터 배가 아팠어요.
삼 일 동안 치료를 받으세요.
주사를 맞아야 합니까?

대화에 맞는 제목 붙이기

■ 친구가 하는 말을 듣고, 그 대화에 맞는 제목을 붙여 보세요.

::초 1·2학년 수업 결과[2]

  이 단원의 목표 '글의 내용에 부합하는 제목 달기'의 수행을 위하여 1·2학년 학생들을 대상으로 학습지의 내용을 적용하여 보았다. 학습지의 내용은 '그림들의 이름 붙이기', '단어들의 이름 붙이기', '대화에 맞는 제목 붙이기', '친구의 대화를 듣고 대화에 맞는 제목 붙이기'의 네 가지 항목으로 분류하고 각각 6문항, 10문항, 5문항, 5문항으로 테스트를 실시하였다.

  수업을 시작하면서 학생들에게 어떤 사람의 이름이나 사물의 특징을 설명해 주고 학생들로 하여금 그 대상 인물이나 사물이 무엇인지를 맞추는 과정을 통해 '제목'이란 것은 '전체를 설명할 수 있는 이름'과 같은 것임을 이해할 수 있도록 유도하였다.

  그런 다음 학습지를 풀어 보게 하였는데 먼저 '그림들의 이름 붙이기'의 경우, 앞 세 문제는 문제의 의도를 정확하게 파악하지 못하고, 그림에 지나치게 세심하게 집중한 나머지 정답을 맞히지 못하는 경우가 빈번하였다(예를 들어, 1번과 같은 경우, '개'라는 답 대신에 '전바이', '강염고'(강아지, 염소, 고양이 - 그림의 모양을 보고 그렇게 유추하였다고 했다.). 또한 '시계'의 경우, 1학년 학생들은 철자가 틀린 경우도 있었다. 하지만 3번까지 문제를 풀게 한 후 문제풀이를 통해 충분한 설명을 들은 뒤 4번, 5번, 6번을 풀게 하니 거의 대부분의 학생들이 정답을 적어 낼 수 있었

다.

　다음으로 '단어들의 이름 붙이기'의 경우, '그림들의 이름 붙이기'를 통해 초보적인 단계의 '이름 붙이기(제목 붙이기)'를 연습한 학생들에게 좀 더 다양한 어휘의 단어들을 제시하고 그것을 대표할 수 있는 제목을 붙이게 하였는데 '운동경기'를 '운동'이나 '스포츠'라고 쓰거나, '가족'을 '친척'으로 쓴 경우를 제외하고는 거의 오답이 없었다. '가족'을 '친척'으로 쓴 학생들의 경우, 저학년인 관계로 상·하위 개념이 제대로 잡혀 있지 않았기 때문으로 생각되어 '가족'과 '친척' 등의 비슷하지만 다른 어휘의 차이를 설명해 주는 것도 필요하다고 생각한다. 또한 예문에 제시한 어휘들도 문제풀이 과정에서 해설을 통해 다시 한 번 개념을 정리하는 것이 학생들의 어휘 실력 향상에도 도움을 줄 것으로 생각한다. 그리고 어휘를 설명하는 과정에서 간단하고 쉬운 유래를 설명할 경우, 이야기적인 소재가 될 수 있어 학생들의 흥미를 유발할 수 있었다.

　'대화에 맞는 제목 붙이기'의 경우, 학생들이 앞에서의 '이름 붙이기'와는 다른 '제목 붙이기'라는 문제에 익숙하지 못해 제목을 어떤 식으로 써야 할지 몰라 당황하는 모습을 보였기 때문에 이 과정에서 제목을 붙일 때는 '～한다'라는 식의 서술형을 쓰지 않고 주로 명사형으로 끝나는 문장을 사용해야 함을 설명해 주었다. 하지만, 두 단어 이상으로 제목을 지어 내다 보니 예문과 문항수가 적었음에도 불구하고 학생들이 힘들어하는 모습을 보였다. 그래서 '누구와 무엇무엇 하는 것' 혹은 '누구와 무엇무엇

할 때 하는 말'이란 식의 이야기를 해 주고 그 틀에 맞게 제목을 지어 내도록 하는 연습을 하였다.

마지막으로 이 과정에 익숙해진 다음, 학생들 스스로 한 가지 제목에 맞는 상황을 설정, 다른 학생들에게 그 제목을 말하지 않은 상태로 여러 가지 문장을 말하게 하여 다른 학생들이 답을 적는 식으로 수업을 진행, 후행 학습에서의 문단쓰기를 말하기로 가볍게 연습해 볼 수 있게 하였다. 이 과정은 학생들은 스스로가 문제를 출제하고 답을 말하게 하였기 때문에 학습지의 문제를 푸는 과정에서보다 적극적인 모습을 보였다. 또한 글쓰기에 대한 부담 때문인지 말로 문제를 내고 푸는 과정을 훨씬 더 쉽게 느끼는 모습을 보였다.

[5 – 6]

책 제목을 보고 내용 예측하기

■ 작가가 되어 다음과 같은 제목의 책을 쓰려고 합니다. 오른 쪽 빈 칸에 책의 내용을 간단하게 써 보세요.

제목의 가치

■ 다음은 어떤 책의 차례 중 일부입니다. 이 책의 제목을 붙여 보세요.

---

*베트남의 독립을 위해 싸운 쯩 자매
*여자들을 대변해 연설한 로마의 호르텐시아
*운동선수로 이름 날린 로마의 트리포사 자매
*뛰어난 외교술로 로마를 사로잡은 클레오파트라
*화학 발달에 기여한 연금술사 메리 프로페티사

제목:

---

*여섯 살 꼬마 띠안과 아빠 – 우리, 내일 인도네시아 가요
*우즈베키스탄 노동자 누리끼 – 내 친구 초리 이야기
*늦깎이 고등학생 따와 – 사랑하는 엄마께
*조선족 김복자 아주머니 – 비나 오지 말았으면
*미래의 영화감독 재키 – 희망이 솟는 곳에서

제목:

- 아래 각 문단의 제목을 붙여 봅시다.3)

> 지난 7일 포털 사이트 네이버의 포토 갤러리에 올려진 이 사진은 우수 사진을 뽑아 수상하는 '금주의 시선'에 오르면서 네티즌에게 관심을 받기 시작했다. 사진 속에는 허름한 차림에 소주병을 들고 있는 노숙자와 머리를 묶은 한 여성이 보인다. 사진 속 여성은 노숙자에게 다가가 말을 건네는 듯하더니 이내 자신의 목도리를 노숙자에게 둘러 준다.

> 포토 갤러리에 사진을 올린 네티즌(ID makga4)은 자신의 블로그에 "밝은 웃음을 가진 그녀…… 정말 아름다워 보였습니다."라며 "그녀를 통해서 우리 사회가 따스하다는 걸 느꼈다."고 적었다. 그는 또 "지나가다가 운이 좋아서 담은 사진"이라며 "이 순간을 놓치지 않으려고 허겁지겁 카메라를 꺼내들었던 생각이 난다."고 덧붙였다. 지난 3월 3일 촬영된 사진에는 '아름다움'이라는 제목이 붙어 있다.

---

3) http://article.joins.com/article/article.asp?ctg=12&Total_ID=2664025

사진을 접한 네티즌들은 자신의 것을 어려운 이웃에게 나눠 주는 여성의 모습이 감동적이라고 입을 모으고 있다. 사진 속 여성에게 '목도리녀'라는 별명도 붙었다. 한 네티즌(ID kukururu)은 "지난겨울이 유난히 따뜻했던 건 이런 사람들이 우리 주변에 있었기 때문이 아닐까 생각한다."는 소감을 남겼다.

- 문단 제목을 토대로 글 전체의 제목을 붙여 봅시다.

- 그렇게 생각한 까닭을 적어 보세요.

흐르가면서
많은 것에 가로막힌다.

돌부리에 부딪힌다.
나무뿌리에 풀뿌리에 걸린다.
바위에도 갇힌다.

그렇구나
우리들도 자라면서
얼마나 많은 것에
부딪혀야 할까.
- 이창건의 작품 일부 - [4]

■ 위 시의 제목을 지어 보세요.

■ 그렇게 생각한 까닭을 적어 보세요.

---

[4] http://my.dreamwiz.com/410329/main.htm

　어느 날 아침 드디어 우주인들이 지구를 떠났습니다. 서로 다른 곳에서 우주선 세 개가 날아갔습니다. 첫 번째 우주선에는 미국 사람이 탔는데, 아주 흥겹게 휘파람을 불었습니다. 두 번째 우주선에는 러시아 사람이 탔는데, 낮고 굵은 목소리로 "볼가, 볼가"하며 노래했습니다. 세 번째 우주선에는 중국 사람이 탔는데, 아주 아름다운 노래를 불렀습니다. 다른 두 사람이 움치로 보일 정도였습니다. 세 사람 모두 화성에 먼저 도착해서 가장 용감하다는 것을 보여 주고 싶어 했습니다.

　미국 사람은 러시아 사람을 싫어했고, 러시아 사람은 미국 사람을 싫어했고, 중국 사람은 두 사람 모두를 믿지 않았습니다. 왜냐하면 미국 사람은 인사할 때 "하우 두 유 두(How do you do?)"하고 말했고, 러시아 사람은 "즈드라스트부이쩨(ЗДРАВСТВУЙТЕ!)"하고 말했고, 중국 사람은 "니먼하오!(你们好!)" 하고 말했기 때문입니다. 그래서 서로 이해하지 못하고 자기와는 다르다고 생각했습니다.

　세 사람은 모두 용감했기 때문에 거의 동시에 화성에 도착했습니다. 세 사람은 우주복을 입고 우주선에서 나왔습니다. 그런데 놀랍고 이상한 풍경이 펼쳐졌습니다. 땅에는 기다란 은하들이 파여 있고, 은하에는 에메랄드 빛깔 물이 가득 차 있었습니다. 푸른 나무들은 이상하게 생겼고, 한 번도 본 적이 없는 새들의 깃털은 아주 희한한 색깔이었습니다. 저 멀리 지평선에 있는 붉은 산은 오묘한 빛을 내고 있었습니다. 우주인들은 이 광경을 보고는 서로를 쳐다보았습니다. 하지만 서로 믿지 않았기 때문에 각자 멀리 떨어져 있었습니다.

　밤이 되었습니다. 주위는 이상할 정도로 조용했고, 지구는 아주 멀리서 별처럼 빠짝거렸습니다. 우주인들은 슬프고 외로웠습니다. 그때 미국 사람이 어둠 속에서 엄마를 불렀습니다. "마미." 러시아 사람은 "마마." 하고 불렀습니다. 중국 사람은 "마~마." 하고 불렀습니다. 세 우주인은 모두 똑같은 느낌으로 엄마를 부르고 있다는 것을 깨달았습니다. 그리고 미소를 지으며 가까이 다가가 함께 멋진 모닥불을 피웠습니다. 그러고는 각자 자기 고향 노래를 불렀습니다. 우주인들은 용기가 났고, 아침을 기다리는 동안 서로를 더 많이 이해하게 되었습니다.5)

■ 앞의 글에서 각 문단의 중심 내용을 정리해 보세요.

■ 앞의 글의 제목을 지어 보세요.

■ 그렇게 정한 까닭을 적어 보세요.

---

5) 움베르토 에코(2005:52 - 62, 64 - 76), 『지구인 우주인 화성인』, 웅진주니어.

내용의 구성

글 쓰는 목적에 맞는 내용 채우기

 **글 쓰는 목적 생각하기**

우리가 말을 하거나 글을 쓸 때에는 항상 그 목적이 있다. 목적을 달성하기 위해서는, 같은 사람이 같은 조건에서 글을 쓸 경우에도 그 목적에 따라서 내용이 적절하게 구성되어야 한다. 등산을 하거나 소풍 또는 여행을 할 때 가방의 종류뿐만 아니라 가방 속에 챙길 내용물이 달라지는 것과 같은 이치이다. 여행을 할 때에도 여행 기간이나 사용하는 교통편 또는 묵을 숙소의 종류에 따라서 짐의 크기와 챙길 물건의 종류와 수량이 달라지기 마련이다. 글을 쓸 때에도 이와 같은 이치임을 기억할 필요가 있다.

목적에 따라 구성되는 내용

자기소개서를 쓸 경우에도 목적에 따라서 그 내용이 달라지기 마련이다. 그것을 어디에 제출할 것인가에 따라서 그리고 제출할 곳에서 특별히 요구하는 사항이 있거나 제출하는 곳의 분위기나 업무상의 특성 등에 따라서 내가 가진 여러 가지 특징 중에서 목적에 가장 부합하는 것을 우선 가려서 써야 하는 것이다. 자장면 집 배달 아르바이트를 위해서 제출하는 자기소개서와 패밀리 레스토랑의 매니저로 지원할 때 작성하는 자기소개서가 같을 수 없는 것은, 각각의 직책이 요구하는 요건이 다르기 때문이다.

♥ 자기소개서와 추천서의 내용

자기소개서가 자신의 이야기를 직접 쓰는 것이라면 추천서는 자신의 이야기를 제3자가 쓰는 것이다. 해당 업무와 유관한 사람이 임용권자에게 자신의 견해를 전달해서 임용자 선정에 필요한 정보를 제공함으로써 궁극적으로 임용에 도움을 얻고자 하는 의도로 활용되고 있다. 임용권자의 입장에서도 신뢰할 수 있는 사람이나 기관으로부터 작성된 추천서는 임용 여부를 결정하는 중요한 자료로 활용하기 마련이다. 자기소개서보다는 객관적인 자료이기 때문에 비중이 더 클 수도 있다.

보기글 1: 추천서A

이름: 최○○(930826 - 1234567)

소속 및 직위: 경북대신문사 전임기자

위 사람은 경북대신문사 기자로 일하는 동안 밝고 명랑한 생활을 하였으며, 동기들이나 선후배와 잘 어울렸습니다. 또한 정리정돈을 잘하였으며, 깔끔한 외모도 특징이었습니다. 간혹 밤을 새워 작업을 하여도 다음날까지 일을 지속할 수 있는 체력을 과시하였습니다. 또한 그의 진지함과 총명함은 많은 사람들로부터 부러움을 샀습니다.

    그리고 족구도 잘하여 항상 신문사를 대표하는 선수였습니다.
노래 부르기를 좋아하여서 노래방에 가는 것을 즐겨하였을 뿐만
아니라 친구들에게도 인기가 좋았습니다. 주종을 가리지 않고 술
마시기를 즐겨 학교 근처의 주점에서 그를 자주 발견할 수 있었
고, 그때마다 그는 주위에 사람들을 몰고 다녔습니다.
    경북대신문사 주간 ○ ○ ○ (인)
    매일신문사 인사부장 귀하

    이름: 박OO(930628 - 1122334)
    소속 및 직위: 경북대신문사 전임기자
    위 사람은 경북대신문사 기자로 일하는 동안 기자로서의 사명
감이 투철하고 취재 능력이 탁월하여 취재부 기자를 거쳐 취재부
장, 그리고 편집국장을 역임하였습니다. 취재원 포착 능력이 뛰어
나고 자료 검색 및 자료 정리에도 남다른 능력이 있습니다. 따라
서 보도기사 해설기사 혹은 인터뷰에 이르기까지 다양한 분야의
실무경험을 풍부히 쌓아 일간지의 기자로서도 좋은 재목이 되리
라 확신합니다.
    전공이 사회학인데, 부전공으로 신문방송학을 공부하였고, 경
제학과 법학 관련 강좌도 여럿 들었습니다. 뿐만 아니라 문학과
음악에도 조예가 깊습니다. 그리고 인간관계도 원만하고 체력도
뛰어나며, 선후배로부터도 좋은 평을 듣는 것으로 알고 있습니다.
    경북대신문사 주간 ○ ○ ○ (인)
    매일신문사 인사부장 귀하

글의 목적 달성에 실패한 예

추천서를 쓴 사람(주간)과 받은 사람(인사부장) 사이에 의사소
통(교감)이 제대로 이루어졌다면 위의 [보기글 1]을 제출한 사람
은 채용될 가능성이 거의 없어 보인다. [보기글 1]을 쓴 사람은

글을 쓰는 목적과 관계가 적은 정보들로만 추천서를 구성하고
있다. 이는 추천의사가 없음을 간접적으로 이야기하고 있는 것이
다. 긍정적인 내용들로만 채워졌다는 사실이 그 직책에 부합하는
요건을 갖춘 사람임을 말해 주는 것이 아니다. 직책을 수행하기
위해 필요한 객관적인 요소들이 설득력 있게 구성된 경우에만
추천서는 그 목적을 달성할 수 있다.

목적에 부합하는 구성의 예

[보기글 2]를 통해서 우리는 그것을 확인할 수 있다. 추천서 A
와 B를 동시에 받은 인사 담당자라면 어떤 사람을 뽑을지 우리
는 쉽게 짐작할 수 있다. 추천서 B는 신문기자로서 갖춰야 할
요건들을 충족시키고 있다. 사명감, 취재능력, 자료 검색과 처리
능력, 기사 작성 능력을 골고루 갖췄고, 각각의 분야에서 실무
경험을 충실히 쌓은 사실을 통해서 그 능력에 대한 신뢰도를 담
보하는 장치까지 마련하고 있다. 그에 덧붙여서 관심을 갖고 공
부한 분야와 건강에 대한 정보와 함께 인간관계도 원만함을 제
시함으로써 기자로서의 자질이 충분함을 강조하고 있다.

비슷한 외형의 상반된 메시지

추천서 A와 B를 대비하면, 외형상으로는 이들이 서로 큰 차이
가 없음을 알 수 있다. 분량도 비슷하고, 당사자에 대한 정보를
담고 있는 점이 그렇다. 뿐만 아니라 당사자에 대해서 기술하고
있는 태도가 호의적이라는 공통점이 있다. 긍정적인 정보들로 구

성되어 있고, 추천자의 기술태도 역시 호의적임에도 불구하고 추천서를 쓴 사람의 의도(이는 추천서 자체가 담고 있는 메시지, 곧 추천서를 읽는 사람이 발견한 메시지 혹은 추천자와 인사 담당자 사이의 커뮤니케이션 현장에서 형성되는 의미이기도 하다.)는 서로 상반된 것이다. 추천서 A를 통해서 추천자와 인사담당자가 교감한 메시지는 [보기글 3]과 같은 것이 될 수 있다.

이름: 최OO(930826 − 1234567)

소속 및 직위: 경북대신문사 전임기자

위 사람은 경북대신문사 기자로 일하는 동안 젯밥에만 관심을 보여, 늘 동기들이나 선후배와 어울려 놀았습니다. 또 겉치레에 특히 관심이 많아, 별명이 뺀질이였습니다. 간혹 밤을 새워 작업을 하여도 다음날 아침에도 멀쩡하여 주위의 의아심을 샀습니다. 또한 그가 만화 볼 때의 진지함과 전자오락 실력은 모두의 부러움을 샀습니다.

그리고 족구도 잘하여 항상 신문사를 대표하는 선수였습니다. 노래 부르기를 좋아하여서 노래방에 가는 것을 즐겨 하였을 뿐만 아니라 친구들에게도 인기가 좋았습니다. 주종을 가리지 않고 술 마시기를 즐겨 학교 근처의 주점에서 그를 자주 발견할 수 있었고, 그때마다 그는 주위에 사람들을 몰고 다녔습니다.

경북대신문사 주간 ○○○ (인)

매일신문사 인사부장 귀하

 정보의 보릿고개

보릿고개 시절을 떠올리면 그때는 먹을 것이 없어서 풀뿌리 나무껍질도 허기를 채우기 위해서 먹지 않을 수 없었다. 그 시절

읽을 책이 귀해서 신문지 한 장이라도 활자화된 것은 무엇이나 읽고 또 읽었다는 시인의 이야기가 있다. 군대에서 무엇인가 읽고 쓰지 못하는 것이 가장 큰 고통이었다는 소설가의 이야기도 있다. 취침 시간에 화장실의 5와트짜리 전구 밑에서 읽고 또 읽은 것이 여자 친구가 편지 속에 적어 보낸 시였고, 조각 종이에 깨알같이 시평을 쓰면서 새벽을 맞았다고 적고 있다. 정보의 보릿고개 시절을 이야기하는 풍경은 인터넷이 보편화되고 유비쿼터스 환경으로 다가가고 있는 시점에서는 낯설게 느껴질 수밖에 없다.

♡ 무용지식과 지식의 수명

무용지식이란 용어가 등장하였다. 소용되지 않는 정보가 있다는 말이다. 인터넷 검색창에서 특정 어휘를 검색하면 수백수천 혹은 수만 개의 목록이 찾아지는 시대이다. 이는 정보의 홍수라고 할 수 있고, 이 환경에는 필요한 정보 하나를 찾아내기 위해서 소위 무용지식의 숲을 헤매야 한다. 전자우편함에도 읽지도 않고 쓰레기통으로 바로 가는 '스팸메일'이 읽어 보는 메일보다 더 많은 것과 같은 이치이다. 정보와 지식에도 무용한 것이 있고, 지식에도 수명이 있어서 오늘의 유용한 정보도 내일의 스팸이 되는 것이 현실이다.

♡ 우선순위 정하기와 버리기

글을 쓰고자 할 때 정보를 모으고 체계를 잡아서 정리하는 것은 꼭 필요하고도 중요한 일이다. 이와 함께 잊지 말아야 할 것은 버리는 작업을 능숙하게 할 수 있어야 한다는 점이다. 더 가치 있는 정보, 더 활용도가 높은 정보, 더 중심에 있어야 할 정보와 그렇지 않은 정보를 가리는 작업이 반드시 필요한 과정이 되었다. 더 유용한 정보, 글 쓰는 목적에 더 부합하는 정보, 양질의 정보에 우선순위를 두어서 더 큰 비중으로 다루고, 그렇지 않은 것을 후순위에 배치하고, 경우에 따라서는 버리는 '결단'을 내릴 수 있어야 글에 군더더기가 없어진다. 그런 글이라야 내가 쓰는 글의 수명을 더 연장할 수 있다.

[1 – 2]

그림 고르기6)

- 다음에 나와 있는 그림들 중에서 다른 것들과 상관이 없는 그림 하나를 고르세요.

1. (   )

2. (   )

---

6) 이 과정은 앞 단원에서 실시한 '제목 붙이기'의 연장으로 학생들로 하여금 글쓰기의 목적(혹은 제목)에 부합하는 내용을 선택할 수 있는 능력을 기르게 하는 것을 그 목표로 한다.
앞 단원에서와 마찬가지로 맨 먼저 다섯 개의 그림을 제시하고 그중에서 나머지 네 개 그림의 공통적인 특성과 구별되는 한 개의 그림을 골라내는 작업을 수행하게 한다. 이 과정은 아직 글에 익숙하지 않은 저학년 학생들로 하여금 그림을 통해 내용들을 분류하게 하는 데 그 목적이 있다. 다소 익숙하지 않은 그림의 경우, 학생들이 질문을 할 수도 있는데 이럴 때엔 그 그림의 이름과 간단한 쓰임새를 간략하게만 설명해 줌으로써 학생들이 설명을 통해 정답을 유추하는 과정을 막을 수 있도록 주의해야 한다.

3. (　　　　　　　　)

4. (　　　　　　　　)

5. (　　　　　　　　)

6. (　　　　　　　　)

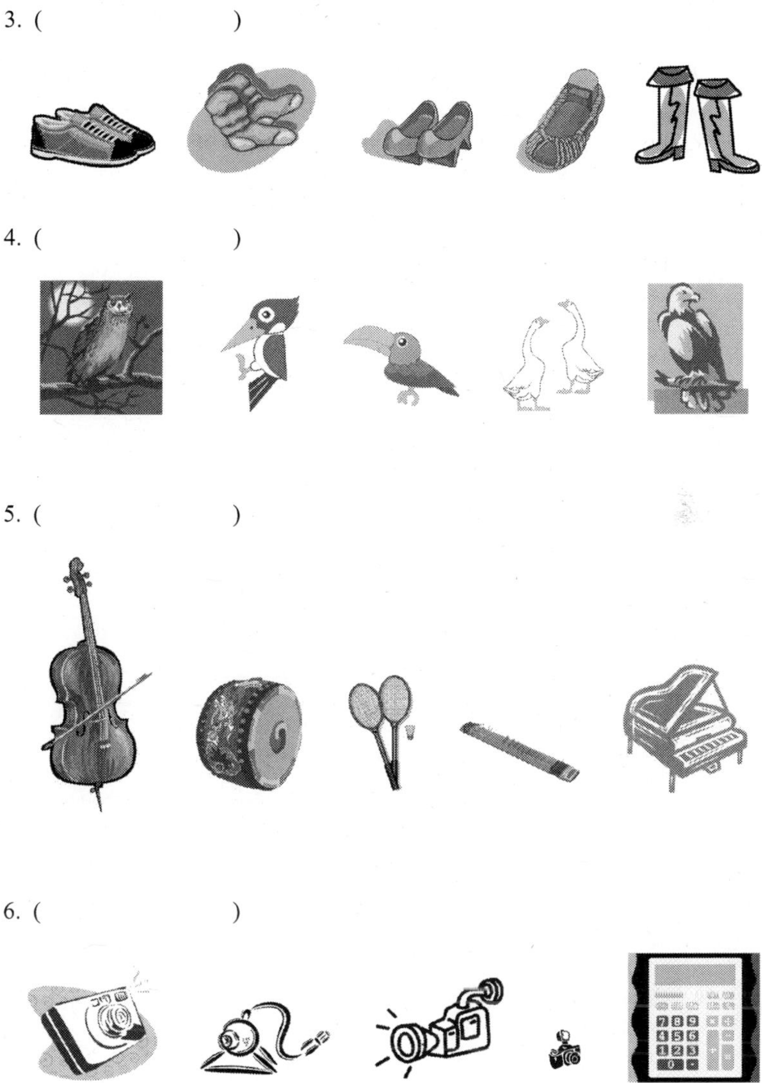

■ 네모 상자 안에 들어 있는 단어들 중에서 상관없는 단어를 고르세요.

1. (   )

마우스	모니터	자판기
키보드	프린터	모니터
스피커	전화기	

2. (   )

전자레인지	접시	고무장갑
텔레비전	숟가락	냉장고
프라이팬	국자	

3. (   )

청진기	주사위	주사기
간호사	약	처방전
의사	앰뷸런스	

4. (   )

동화책	잡지	연필
만화책	사전	그림책
공책	교과서	

---

7) 이 과정에서는 앞 문항에서의 '그림' 대신 '단어'를 제시함으로써, 글쓰기에 조금 더 접근할 수 있도록 하였다. 물론 여기서 제시하는 단어들은 저학년들의 수준을 고려한 것이어야 하고, 단어를 잘 모르는 경우에도 아주 간단한 설명만을 통하여 학생이 설명을 통해 정답을 유추하지 않도록 해야 한다.
또한 문제의 특성상 특정 장소를 중심으로 그곳에서 사용되는 물건들이나, 그 장소에서 쉽게 볼 수 있는 물건들로 단어들이 구성되어 있는데 학생들이 단어 설명을 필요로 할 때, 정답과 관련 있는 특정 장소는 되도록 언급하지 않는 것이 중요하다.

5. (   )

눈사람	코트	스케이트
스키	털모자	털장갑
수영	난로	

6. (   )

딸기	마늘	무
오이	파	고추
당근	양파	

7. (   )

축구공	배구공	골프공
보일러공	야구공	럭비공
농구공	탁구공	

8. (   )

비옷	이슬비	장화
우산	소나기	천둥
장마	함박눈	

9. (   )

오징어	새우	상어
곰	문어	꽁치
고등어	고래	

10. (   )

할아버지	아버지	오빠
할머니	어머니	남동생
아저씨	언니	

■ 다음에서 다른 문장들과 상관없는 문장을 고르세요.

1. (   )

안녕하세요?
처음 뵙겠습니다.
안녕히 계세요.
그동안 안녕하셨어요?

2. (   )

날씨가 덥습니다.
눈이 옵니다.
짧은 옷을 입습니다.
해수욕장에 갑니다.

3. (   )

세수를 합니다.
열이 납니다.
머리가 아픕니다.
배가 아픕니다.

---

8) 이 과정은 '목적에 부합하는 내용 선택'의 마지막 과정으로서 앞 장에서 이뤄진 '그림 - 단어 - 문장'으로의 단계와 마찬가지로 '문장' 단계에서의 내용 분류를 그 목적으로 한다. 정답은 네 문장 중 나머지 세 문장과는 다른 한 문장을 고르는 것이지만 최종적으로 왜 그 답을 골 랐는지도 확인함으로써 학생들이 명확하게 분류의 기준을 갖고 있는지도 확인하는 것이 중요 하다.

4. (   )

> 그 사람은 아름답습니다.
> 그 사람은 친절합니다.
> 그 사람은 똑똑합니다.
> 그 사람은 예의가 없습니다.

5. (   )

> 된장국이 싱겁습니다.
> 김치가 짭니다.
> 삼계탕이 비쌉니다.
> 떡볶이가 매콤합니다.

::초 1·2학년 수업 결과[9]

 '목적에 부합하는 내용 선택'의 단원에서는 앞 장에서의 '제목 붙이기'에 이은 '글감 고르기'를 그 목표로 한다. 이를 위해 이 단원 역시 '그림 고르기', '단어 고르기', '문장 고르기'의 세 단계로 나누어 학생들에게 테스트를 실시하였다.

 먼저 '그림 고르기'의 경우, 저학년의 특성상, 학생들 대부분이 그림에 흥미를 느끼고 문제를 풀고자 하는 적극성을 보였다. 하지만, 2번과 같은 경우 '문구'에 대한 개념이 명확하지 않아 '전화기'가 책상 위에 놓여 있을 수도 있는 물건이기 때문에 다른 문구류와 구분되지 않는다고 주장하는 학생들도 있었다. 또한 3번의 경우, 신발의 이름에 집착하여 신발과 양말만 구분하면 되는 상황에서 신발의 이름 하나하나를 알려고 하여 신발 이름 설명에 약간의 시간을 소요해야 했다. 풀이 과정에서 단어 하나를 설명하는 것은 학생들의 어휘 실력과도 관련이 있는바, 필요한 과정이라 생각되지만, 2번의 '스테이플러'와 같은 경우, 용어 자체의 어려움 때문에 학생들이 힘들어하는 모습도 보였다. 풀이 과정에서 철자를 확인하는 과정도 필요하였다.

 다음으로 '단어 고르기'의 경우, 일곱 개의 단어 중에서 나머지 여섯 개와 관련이 없는 단어 한 가지를 고르는 연습을 하게 하였다. 이 과정은 그림 대신 단어를 제시함으로써 글쓰기에 조금 더 가까이 다가가게 하기 위한 것이었는데 3번의 경우 '앰뷸

---

9) 초등 1, 2학년을 대상으로 하는 수업은 방동수 선생이 진행했고, 결과도 진행자가 정리했다.

런스'라는 단어를 아는 학생들이 한 명도 없었고, '주사위'와 '주사기'의 구별 역시 어려웠다. 특히 '주사위'와 '주사기'같이 비슷한 어휘들의 뜻을 설명해 주는 과정은 학생들의 어휘 실력 향상을 위해 꼭 필요하다고 생각되었다. 또한 5번의 경우, 여름과 겨울에 관련된 것들을 구분하는 것이었는데 "겨울에도 실내에서 수영을 할 수 있다."고 하는 학생도 있어 수영이 비교적 더 활발하게 이뤄지는 계절이라는 설명이 필요했다.

마지막으로 '문장 고르기'의 경우, 단어들의 조합인 문장을 통해 학생들이 필요 없는 문장을 고르게 하는 연습을 하여 본격적인 글감 골라내기 작업을 연습할 수 있도록 하였다. 앞 장에서와 마찬가지로 저학년 학생들인 관계로 그림이나 단어와 달리 문장이 되면 일단 거부감을 갖고 어려워하는 모습이 보였는데 이 때문에 아예 문제를 풀지 않는 학생도 있었다. 이런 학생들에게는 문장이 그림과 단어와 크게 다르지 않고, 일상생활에서 쓰는 쉬운 문장임을 상기시켜 거부감을 없애도록 하는 과정이 필요했다. 문제를 풀기 시작한 다음에는 학생들 모두 정답을 잘 골라낼 수 있었다.

이 단원에서 '목적에 부합하는 내용 선택'에서는 학생들 스스로가 나머지 그림이나 단어, 문장과 구별되는 다른 한 가지를 골라내는 것이 가장 중요하다. 하지만 정답을 도출하는 것만큼 중요한 것이 풀이 과정에서 학생들에게 왜 그 답을 골랐는지를 확인하는 과정이라는 생각이 든다. 문제의 특성상 선택 문제이기 때문에 전혀 의외의 이유로 그 답을 고른 학생도 있고, 문제를 푼 것이 아니라 그저 정답을 선택한 경우도 있었기 때문이다. 정답 도출 과정을 확인하는 것은 학생들에게 분류의 기준이 명확한지를 확인할 수 있는 가장 정확한 방법이므로 풀이 과정에서 반드시 실행되어야 한다고 생각한다.

목적에 부합하는 내용 선택하기 실습

[3 - 4]

필요에 따른 물건 고르기와 버리기

1.

가방	교과서	수건	수영모자
수영복	공책	연필	
지우개	오리발	물안경	

- 학교에서 필요한 물건을 적어 보세요.

- 수영장에서 필요한 것들을 적어 보세요.

2.

개	비둘기	곰	병아리
고양이	앵무새	사자	
사슴	뱀	거미	

■ 집에서 기를 수 있는 동물을 골라 보세요.

■ 동물원에서 볼 수 있는 동물을 골라 보세요.

3.

■ 집에 갔을 때 하고 싶은 일을 골라 보세요.

■ 그 이유를 아래에 적어 보세요.

1.

제목: <장미를 뽑아주세요>

㉠ 이번 회장 선거에 출마하게 된 장미라고 합니다.
㉡ 저는 학급의 일에 관심이 많습니다.
㉢ 학급에서 일어나는 여러 가지 문제들을 공평하게 해결하기 위해
　노력하겠습니다.
㉣ 옆에 있는 후보는 공부도 못하고 수업에 떠듭니다.
㉤ 선생님을 도와 학급을 잘 이끌어 가겠습니다.

■ 위 글을 쓴 목적은 무엇입니까?

■ 위 글을 쓴 목적에 부합하지 않는 부분을 찾아 기호를 쓰고 그 이유를 써 보
　세요.

2. 다음은 어떤 신문기사의 내용입니다.10)

승강기 사고 예방 이것만은 꼭!
"사용자 실수 절반 넘어" 안실련, '제대로 타기' 합동 캠페인

최근 자주 일어나고 있는 엘리베이터 사고를 막기 위한 '승강기 제
대로 타기' 캠페인이 벌어지고 있다. 산업자원부 기술표준원과 안전
생활실천시민연합(이하 안실련) 등 관련 기관들은 22일 서울역에서
합동캠페인을 시작했다.

승강기 안전수칙
①
②

- 위의 ①, ②에 들어갈 수 없는 것을 아래에서 골라 보시오.

1. 정원 및 적재하중을 넘지 않을 것.
2. 승강기 안에서 뛰거나 장난치지 말 것.
3. 어린이, 노약자는 반드시 보호자와 함께 탈 것.
4. 승강기 문에 기대거나 억지로 열지 말 것.
5. 승강기 안에서 전화 통화를 하지 말 것.
6. 고장, 점검 중 표시가 붙은 승강기는 타지 말 것.
7. 타고 내릴 때는 반드시 옆 사람 손을 잡을 것.

목적에 맞지 않는 글감 고르기와 버리기

1. 강아지를 기르기 위해 부모님을 설득하는 글

강아지의 귀여움	강아지를 기르는 즐거움
강아지를 위해 내가 할 일	
강아지의 더러움	

2. 친구를 다른 사람에게 소개하는 글

<table>
<tr><td>친구의 이름
친구의 좋은 점
친구가 잘하는 것</td><td>나의 특기</td></tr>
</table>

■ 위의 1, 2에서 버려야 할 것은 무엇입니까?

3. 자기 소개서를 쓰려고 합니다. 다음의 목적에 맞게 필요한 내용을 생각하여 봅시다.

■ 합창단원을 지원할 때:

■ 아나운서를 지원할 때:

■ 아래에서 각각의 목적에 맞도록 내용을 구성해 보세요.

1. 독후감을 쓰기 위한 글

<table>
<tr><td>책을 읽은 뒤 느낀 점
주인공의 성격
친구와의 축구 약속
작가의 주변 사람들
가장 인상에 남는 부분
선생님의 종례 말씀
책을 읽게 된 계기</td><td>→</td><td>①

②

③

④</td></tr>
</table>

2. 체육 수업을 하기 위해 선생님을 설득하는 글

<table>
<tr><td>체육수업의 장점
교실에서 장난친 일들
운동장에서의 행동 요령
체육수업 하고 싶은 마음
비가 온다는 일기 예보
영어시험 준비할 시기
운동과 학업 성취의 비례</td><td>→</td><td>①

②

③

④</td></tr>
</table>

- 새로 사귄 친구에게 나를 소개하는 글을 쓰려고 합니다. 어떤 내용으로 구성해야 친구가 나를 잘 알 수 있을지 생각하면서 글을 써 보세요.

- 제목

- 중심 내용

①
②
③

문단의 원리
한 묶음의 정보는 한 개 문단으로 쓰기

♡ 소통으로서의 글

우리가 말을 하거나 글을 쓰는 것은 모두 '소통'을 위해서이다. 내가 쓰는 글이나 내가 하는 말은 그것을 읽거나 듣는 이가 있다는 것을 전제로 한다. 이런 이유로 우리는 어떤 글을 쓰거나 말을 할 때, 소통의 효율성을 늘 염두에 두어야 한다. 나의 생각을 담아내는 글을 쓸 때는 그 글을 읽을 사람이 '나의 생각'을 오해하지 않도록 하는 섬세한 배려가 필요하다. 물론 말을 할 때에도 이런 원칙을 지키는 것을 소홀히 해서는 안 된다. 정보의 소통 효율을 높이는 것이 곧 언어 능력을 기르는 것이다. 한국어의 고급 사용자가 되는 길이기도 하다.

♡ 글쓰기에서의 약속

우리가 언어를 통해 소통을 할 때에는 행위의 당사자들 사이에 어떤 약속이 존재한다. 맞춤법, 띄어쓰기 규칙, 문장을 구성하는 원리(문법) 등이 글을 쓰는 사람과 읽는 사람이 공유하고 있는 가장 기본적인 약속에 해당한다. 한국어 글쓰기와 말하기는 모두 이 약속의 기반 위에서 이루어지므로, 효과적인 의사소통을 위해서 우리는 이들을 제대로 익혀서 써야 한다. 우리가 쓰는 글에서 띄어쓰기를 잘못한 부분, 맞춤법을 어긴 표현이 종종 노출된다. 가장 기본적으로 갖춰야 할 약속을 지켜서 쓸 수 있도록 연습할 필요가 있다.

♥ 독서로 길러지는 글쓰기 능력

글을 쓸 때의 규칙은 지속적인 독서를 통해 자연스럽게 습득된다. 좋은 문장, 검증된 텍스트 읽기를 권장하는 것도 이 때문이다. 어린이들의 독서 목록이 고전 중심으로 짜이는 근거도 여기에 있다. 뿐만 아니라 다독의 함정을 경계해야 하는 이유도 여기에서 발견할 수 있다. 일주일에 5권을 읽어야 한다는 <일> 혹은 <학습>으로서의 독서를 하는 것에 대한 반성도 필요하다. 이런 <숙제>에서 헤어나지 못한다면, 이는 독서의 <수고로움>이지 <희열>이 될 수 없고, 이런 독서가 학습자의 성장에 크게 기여할 수 없기 때문이다. 선택은 우리 각자의 몫이지만, 잊지 말아야 할 것은 양서 읽기의 습관을 통해 글쓰기의 기본 능력이 습득되고 길러진다는 사실이다.

♥ 영양가 있는 문장

'나'라는 주체와 '상대'라는 객체가 서로의 생각을 나누는 현장은 글을 쓰고 읽는 장면 혹은 말을 하고 듣는 순간이 된다. 여기서 글이나 말은 모두 어떤 정보를 담고 있다. 글을 쓰는 목적이나 의도에 따라서 그것의 형식이나 기술 방식 등이 달라지지만, 정보를 담고 있다는 점에서는 예외가 없다. 소통의 현장 경험이 갖는 가치를 높이기 위해서는, 공유되는 정보가 소위 '영양가' 있는 문장들로 짜이는 것이 바람직하다. 양질의 정보를 담고 있는가, 정확한 정보인가, 널리 유통되어 상식이 된 정보는 아닌가, 많은 사람에게 유용한 정보인가 등의 요건에 부합하는 것이어야 한다.

♡ 효율적인 구성

나의 생각을 상대와 '소통'한다는 것은 내가 생각하고 있는 바가 다른 사람에게 전달되고, 그 주장을 다른 사람이 공감하고 공유하게 되는 것을 말한다. 따라서 글쓰기와 읽기를 통한 소통의 효율성을 높이기 위해서는 나의 생각, 곧 내가 제시하는 정보의 가치가 높아야 한다. 또한 그 정보를 글로 엮어 낼 때 그들이 효과저으로 잘 구성되어야 한다. 어떤 글을 쓰게 될 때, '구성'은 글 쓰는 절차, 날을 구성하는 과정에서 핵심적인 역할을 하는 것이다. 문단의 개념을 이해하고 글을 쓸 때 문난 단위로 쓸 수 있어야 하는 것도 이 때문이다.

최고의 유전공학 교수

① 안녕하십니까? 총장님. 저는 유전공학 교수가 되고 싶은 서OO입니다. 저는 어렸을 때부터 유전공학자이었습니다. 공부는 상위권 들었고 특히 과학 쪽이나 실험 쪽에 관심이 많습니다. 그리고 평소에는 학교 과학부에 선정되어 실험하는 것을 좋아합니다. 1년에 한 번씩 과학발명품경진대회에 나가 상을 받기도 할 만큼 발명에도 관심이 많았습니다.

② 만약 저를 유전공학 교수로 뽑아 주신다면 저의 실력을 최대한 발휘하여 최고의 학생들만을 만들겠습니다.

③ 저는 어렸을 때부터 과학이나 유전공학 쪽에 관심이 많았습니다. 제가 어렸을 때에는 유명한 유전공학자이자 과학자인 황우석 교수님을 존경하였고 고등학교나 중학교에서는 유난히 과학과 유전공학 쪽에 관심이 많아 열심히 공부하여 1등을 한 적도 있습니다.

④ 또한 최고의 유전공학자가 되어 제가 가르치는 학생들이 지루하지 않게 잘 수업할 자신이 있습니다. 그리고 많은 지식을 쌓아서 훌륭한 학생들만을 만들어 충실한 교수가 될 것입니다. 그럼 안녕히 계십시오.

같은 내용은 한 묶음으로

위의 [보기글 1]을 쓴 학생은 유전공학 교수가 되는 꿈을 갖고 있다. 자기 미래의 어느 시점에서 대학의 유전공학 전공 교수가 되기 위해서 쓴 자기소개서이다. 위의 글은 네 개의 글 묶음, 곧 네 문단으로 구성되어 있다. 각각의 문단은 <① 어린 시절부터 유전공학자의 꿈을 갖고 노력하여 수상 경력도 있다, ② 임용이 된다면 훌륭한 강의를 하겠다, ③ 어렸을 때 유전공학에 관심이 많아 열심히 공부하여 성적이 상위권이었다, ④ 학생들을 잘 가

르쳐 훌륭한 학생들을 길러내겠다.>는 내용이다. 쉽게 눈치 챌 수 있는 것은 ①과③, ②와④ 문단이 같은 내용이라는 점이다. 이런 경우 이들을 한 묶음으로 만들어서 이 글은 두 개의 문단으로 구성되도록 하는 것이 바람직하다.

♡ 재래시장과 백화점

시골의 장터나 재래시장은 시장 전체의 구조를 설계하여 형성된 것이 아니다. 새로 생긴 백화점이나 할인점, 편의점 등과는 다른 개념에서 출발하고 있다. 시장을 형성하는 단위가 개별 상인들이거나 자연발생적으로 시장이 형성되는 경우 동일한 물품이 여러 곳에서 판매되기 마련이다. 구매자의 입장에서는 한 가지 물품을 비교하여 사기 위해서는 동선의 낭비가 많을 수밖에 없다. 할인점이나 백화점은 식료품, 남성복, 유아용품, 주방용품 등이 같은 층 혹은 한 구역에 다양한 브랜드가 모여 있다. 브랜드가 제각각 흩어져 있는 것보다 소비자의 입장에서 편리하며, 구매를 위한 시간이나 노력 등의 비용이 줄어든다. 글쓰기에서도 이런 원리가 적용된다. 동일한 내용을 한 문단으로 묶는 것은 소통의 측면에서 여러 장점을 갖는다.

코디의 달인

안녕하십니까? 저는 **코디학원의 원생대표인 배OO라고 합니다.

① 저희 학원에서 일 년에 한 번씩 2명에게 SM입사자격이 주어진다고 들었습니다. 제가 이번 년도 SM입사 자격이 된다고 원장님께서 말씀하셨습니다. 그래서 이렇게 이력서를 보냅니다.② 저는 어릴 적에도 코디와 꾸미기에 관심이 많아 늘 아바타 스티커를 사곤 했습니다. 그러다가 초등학생 때는 친구들에게 이렇게 입으면, 옷이 예쁠 것이라며 옷을 꾸며 주고 중고등학생 때는 본격적으로 디자인과 코디를 배웠습니다. 대학에서는 의상디자인과에서 공부를 했고 수석으로 졸업을 하였습니다. 국제 코디페스티벌에서 입상한 경력이 있습니다. ③ 특히 저는 자료를 분석하고 리폼하는 능력이 뛰어나 창의적인 패션 감각이 있어 SM에서 저를 뽑아 주신다면 SM에 큰 도움이 될 것입니다. 저를 SM에 넣어 주신다면 저에게도 행운이겠지만, SM에서도 행운이길 바랍니다. 감사합니다.

 다른 내용은 별도의 묶음으로

위의 [보기글 2]는 지원하게 된 계기(①부분)와 코디에 관심을 갖고 공부하고 수상한 경력(②부분), 그리고 입사를 희망하는 내용(③부분)의 세 부분으로 짜여 있다. 각각의 내용 묶음은 글을 구성할 때는 독립된 문단으로 구성하는 것이 일반적인 약속이다. 따라서 위의 글은 ①, ②, ③ 부분을 각각 하나씩의 문단으로 구별하여 세 개의 문단으로 구성하는 것이 바람직하다. 글쓰기와 건물 짓기를 연결해서 본다면 하나의 문단을 하나의 층으로 설계할 수 있다. [보기글 2]는 3개의 내용 묶음으로 구성되므로, 1

층 여성복 매장, 2층 남성복 매장, 3층 스포츠 용품 매장으로 구성된 3층 건물처럼 3개의 문단으로 구분된다면 독자와의 소통의 효율을 보다 높일 수 있다.

♡ 집의 평면도처럼 문단 구분하기

좋은 터를 잡아 집을 지을 때 혹은 오늘날 대표적인 주거 공간으로 자리 잡은 아파트를 지을 때에도 창고와는 다른 설계를 한다. 땅의 넓이와 주거 목적을 고려하여 적절한 크기의 외벽을 쌓고, 그 안에 용도에 따라서 공간을 나누는 내벽을 쌓고 동선을 고려하여 문을 달아서 각 공간들 간의 소통이 용이하게 설계한다. 가구나 소품들도 안방에 들어갈 것과 주방에 들어갈 것, 화장실에 들어갈 것이 따로 있고, 그 공간에 소용되는 용품들이 배치되게 마련이다. 외벽이 하나의 글의 규모를 결정하는 것이라면 내벽은 문단을 구별하는 것이 된다. 각 공간에 들어가는 용품은 문단을 구성하는 재료들이 될 것이다. 문단 간의 의미의 흐름을 원활하게 하여 살아 있는 글이 되게 하는 역할은 내벽에 달린 문이 될 것이다.

[1 − 2/3 − 4]

단어 묶기11)

- 다음에 나와 있는 단어들을 두 개의 묶음으로 나누어 봅니다. 묶는 기준은
  자유롭게 선정합니다. 각 묶음에는 제목을 붙여 보세요.

1.

하늘	컴퓨터	교실	선인장
꽃	사람	다람쥐	의자
바위	학교	과자	신발
구름	나무	호랑이	꾀꼬리
강아지	고양이	책	자동차
금붕어	고래	연필	집

---

11) 이 단원은 '정보 조각을 문단으로 묶기'에 해당되는 과정으로 학생들로 하여금 글쓰기를 할
때 제목을 정하고 그에 알맞은 내용을 선택한 다음 여러 가지의 정보를 한 문단으로 묶을
줄 알게 하는 데 그 목표가 있다.
이를 위해서 먼저 생물과 무생물, 동물과 식물, 남자와 여자, 악기와 기계, 과일과 채소에
해당되는 단어들을 주고 이것을 두 가지로 분류하게 하였다. 이 과정을 통해 학생들은 무언
가를 나눌 때 기준이 있음을 알게 될 것이고, 이 기준에 따라 정보들을 나눌 수 있다는 것
을 확인할 수 있게 될 것이다. 이 과정에서도 학생들의 어휘 실력이 문제가 될 수 있는데
어휘와 관련한 질문에 관해서는 분류 기준을 언급하지 않는 전제하에서 어휘에 대한 설명
을 해 주는 것은 무방하다고 생각된다.

- 제목

- 선택된 낱말

- 제목

- 선택뇐 낱말

2.

두더지	기린	코스모스	토끼
장미	사자	단풍나무	양
개나리	할미꽃	코뿔소	진달래꽃
호랑이	얼룩말	도라지	고양이
옥수수	원숭이	대나무	목련
벼	염소	사슴	오리

- 어떤 기준으로 나눌지 적어 보세요.

C묶음

- 제목

- 선택된 낱말

- 제목

- 선택된 낱말

3.

세종대왕	신사임당	나이팅게일	빌 게이츠
퀴리부인	이효리	강감찬	김연아
박찬호	잔 다르크	김유신	장영실
유관순	아인슈타인	주몽	광개토대왕
나폴레옹	이순신	박태환	

- 이떤 기준으로 나눌지 적어 보세요.

- 제목

- 선택된 낱말

- 제목

- 선택된 낱말

4.

시금치	딸기	앵두	버섯
귤	피망	상추	호박
사과	체리	키위	포도
오이	감자	멜론	망고
당근	바나나	무	
파인애플	고구마	감	
양파	파	배	

■ 어떤 기준으로 나눌지 적어 보세요.

G묶음

■ 제목

■ 선택된 낱말

- 제목

- 선택된 낱말

신문기사의 제목 찾기[12)]

- 다음의 네모 칸에는 신문 기사의 여러 내용을 모아 놓았습니다. 우선 네모 안에 있는 내용을 잘 읽어 보세요. 네모 칸 아래에는 신문 기사의 제목이 쓰여 있습니다. 기사 제목에 맞는 내용을 네모 안에서 찾아서 순서대로 쓰세요.

① 학생들은 고무동력기와 글라이더 부문에서 열띤 경쟁을 벌였다.
② 복제동물을 직접 눈으로 관찰할 수 있는 '바이오 오디세이' 전시회가 5일부터 9월 초까지 서울 종로구 와룡동 국립서울과학관 특별전시실에서 열린다.

---

12) 이 과정에서는 신문 기사를 한 문장씩 주고 각각의 문장을 해당 표제하에 분류하는 연습을 통해 학생들이 제목에 따라 그에 맞는 문장을 분류할 줄 알게 하는 데 그 목적이 있다. 또한 여기에서 신문과 신문의 특성 등을 저학년 수준에서 설명해 준다면 학생들이 각각의 문장들을 제목과 관련하여 분류하는 연습은 물론, 신문에 관해 흥미를 가지게 됨으로써 다양한 독서 습관 형성에도 도움을 줄 수 있을 것으로 생각한다.

③ "우와 신난다. 오늘은 선생님께서 우리들의 부모님이 되셨어요."
④ 한 어린이가 '발표를 잘할 수 있는 방법'에 대해 묻자, 김연아 아
   나운서는 "단순히 원고를 외우는 것이 아니라 발표할 내용을 머
   릿속에 정리하고 있어야 한다."고 말했다.
⑤ 조하람 양은 "책 읽기의 중요성을 깨닫게 됐다."고 말했다.
⑥ 학생들은 "선생님의 따뜻한 말과 행동에 집처럼 포근함을 느낀
   다."고 말했다.
⑦ "살아가면서 알아야 할 중요한 것들은 책 속에 담겨 있어요."
⑧ 세계 최초의 복제 개 '스너피'를 비롯해 복제 고양이와 염소, 돼
   지 등 복제 동물이 공개된다.
⑨ 3~6학년 학생 70여 명은 지난달 20~21일 이틀에 걸쳐 교내 항
   공 과학탐구대회를 가졌다.

- 제목: 선생님이 엄마·아빠!

- 제목: 날아라 ~ 멀리 더 멀리!

- 제복: '복제동물 여기 다 있네'

- 제목: 발표 잘하려면 책 많이 읽으세요.

- 다음의 주제어와 관련된 것을 5문장으로 써 보세요.

1. 학교생활

2. 봄

---

13) 이 부분에서는 하나의 단어를 주고 그 단어를 봤을 때 떠오르는 문장을 쓰게 함으로써 본
격적인 글쓰기를 연습하게 하고자 한다. 학생들의 글쓰기가 끝난 다음의 확인 작업에서는
주어진 단어와 관련이 있는 문장을 썼는지를 살펴보고 그 문장들끼리의 관련성도 함께 살
펴 문단의 의미를 간략하게나마 학생들에게 알려 주고자 한다. 또한 다른 학생들이 쓴 문장
을 자신의 문장과 비교해 봄으로써 보다 더 다양한 시각에서의 글쓰기가 가능함을 알려 주
고자 한다.

3. 친구

4. 여행

5. TV

6. (　　　　　　　)[14]

[5 – 6]

기준을 만들어 묶어 보기

■ 동물원을 만들려고 합니다. 동물원에서 사육하고 싶은 동물 이름과 이유를
써 봅시다.

- 아래 그림에서 구역을 정하여 키우고 싶은 동물들을 배치합니다. 그리고 팻말에는 각 구역의 이름을 붙여봅시다.[15]

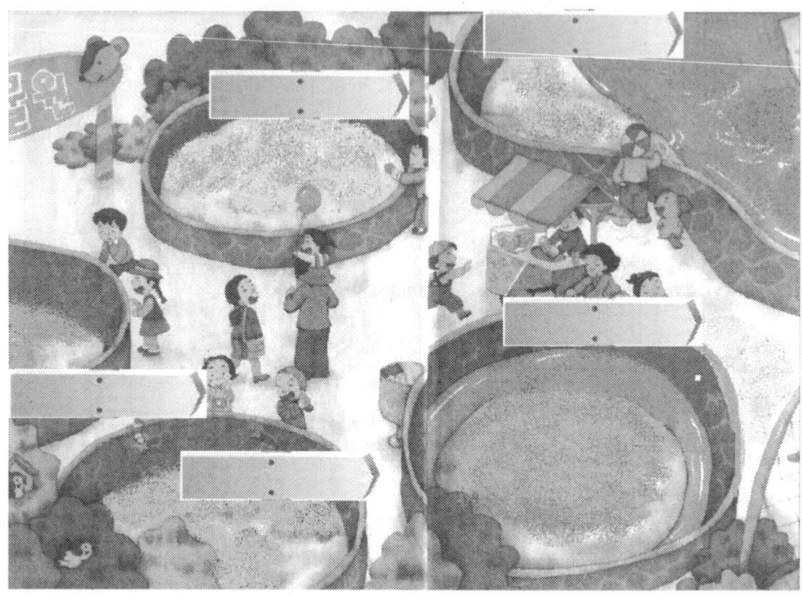

- 동물들의 배치표를 만들어 봅니다.

	구역 이름	배치된 동물 이름
① 구역		
② 구역		
③ 구역		
④ 구역		
⑤ 구역		

15) 그림출처: 수학 1 - 가, 교육인적자원부. 일부수정.

- 동물원의 각 구역에 표지판을 붙이려고 합니다. 각 구역을 대표할 수 있도록 표지판에 들어갈 설명을 한 문장으로 나타내어 봅시다.

① 구역　　　② 구역

③ 구역　　　④ 구역

⑤ 구역

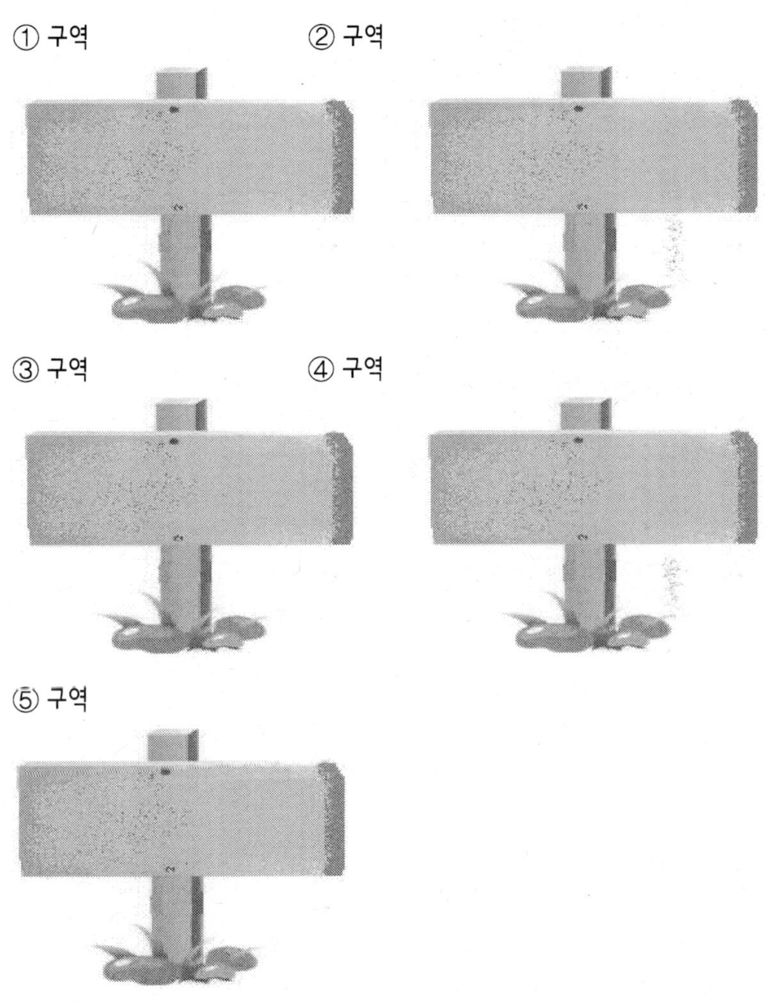

- 어린이 관객을 위해 동물원의 안내판을 만들려고 합니다. 각 구역을 자세히 소개해 봅시다.

■ 커뮤니티의 친구들에게 혹은 다른 도시의 친구들에게 우리 학교를 소개하는
　글을 써 봅시다.

::초 5 · 6학년 문단 쓰기 수업의 얼개[16]

1교시 문제를 만든 배경과 지도 얼개

1교시				2교시				3교시			
10'	20'	30'	40'	10'	20'	30'	40'	10'	20'	30'	40'
문단의 의미와 필요한 까닭 설명	문제를 읽고 해결하기	해결한 답을 서로 비교하며 문단 나누기에 대한 개념잡기									

한 묶음의 정보는 한 개의 문단으로 묶는 것이 문단 쓰기의 기본이다. 그러나 학생들의 글을 보면 한 문단 안에 다른 내용의 정보가 뒤섞여 있는 경우가 많다. 이러한 경우를 동물원에 비교하여 설명하였다. 초식동물과 육식동물을 한 우리 안에 넣어 놓으면 큰 혼란이 일어나듯이, 다른 정보가 담긴 문장을 한 문단으로 엮어 놓으면 독자에게 혼란을 준다는 사실을 인식시키고, 동물을 종류에 따라 분류해 보는 활동을 통해 문단 묶어 내기의 기초를 잡도록 하였다.

---

16) 초등 5, 6학년을 대상으로 하는 수업 안은 권영미, 이지원 선생이 연구했고, 지도 얼개도 이들이 작성한 것이다.

■ 난이도 ★★☆☆☆

■ 지도요령

● 학생들이 과제를 친숙하게 여길 수 있도록 도입단계의 소재를 동물로 하였다.

● 먼저 문단의 의미와 필요성에 대해 설명한다. 동물원과 비교해서 설명하면 좋다.

"애들아, 만약 동물원에 수많은 동물들을 구분하지 않고 한꺼번에 넣어 놓으면 어떻게 될까?"

"왜?"

"육식동물이 초식동물을 잡아먹을 수도 있고, 땅에서 사는 동물, 물속에서 사는 동물이 따로 있는데, 그것들을 한곳에 모아두면 큰 혼란이 일어날 거예요."

"그 혼란을 막으려면 어떻게 하는 것이 좋을까?"

"같은 종류의 동물끼리 묶어 놓으면 됩니다. 그리고 사는 곳에 따라서 분류해야 됩니다."

"글노 같습니다. 서로 다른 의미를 가진 문장을 처음부터 끝까지 한데 섞어 놓으면 읽는 사람에게 큰 혼란을 줄 수 있습니다. 그래서 우리는 글을 쓸 때 한 묶음의 정보를 한데 묶는데 이것을 문단이라고 합니다. 문단을 나누게 되면 읽는 사람에게 정확하게 정보를 전달할 수 있고 글도 훨씬 깔끔하게 보입니다."

- 다양한 동물을 쓰게 하고, 기준도 나름대로 정하게 한다. 나눈 기준이 타당하기만 하면 된다.
- 각 구역의 이름 붙이기는 앞 시간에 배운 제목 정하기를 활용하도록 한다.
- 학생들이 정한 기준을 보고 적절하지 않은 기준은 약간의 조언을 하도록 한다.

■ 기대·예상되는 반응

곰, 양, 돌고래, 물개, 호랑이, 돼지, 개미, 코끼리, 악어, 펭귄……

분류기준: 초식동물, 물에서만 사는 동물, 크기가 작은 동물, 크기가 큰 동물

 1 - 2교시 문제를 만든 배경과 지도 얼개

1교시				2교시				3교시			
10‘	20‘	30‘	40‘	10‘	20‘	30‘	40‘	10‘	20‘	30‘	40‘
			과제해결	모둠원과 과제해결 한 것 비교하고 발표하기							

문단에 있어 가장 중요한 것은 중심문장이다. 동물을 분류하여 문단의 개념을 도입하고, 분류한 동물원 앞에 표지판을 붙여 보는 형식을 통하여 자연스럽게 중심문장의 개념을 터득하게 하기

위해서 이 문제를 설계하였다.

- **난이도 ★★★☆☆**

- **지도요령**

  - 동물원에 들어서면 사람들은 우리 안에 있는 동물에 대해 알기 위해 안내판을 찾을 것이다. 그럴 때, 우리 안 동물에 대해 일목요연하게 설명되어 있는 표지판이 있다면 사람들이 훨씬 더 간편하고 부담 없이 관람을 즐길 수 있을 것이라는 설명과 함께 중심문장의 의미를 도입한다.
  - 나눈 기준이 4개뿐이면 나머지 두 개는 더 할 필요가 없다.
  - 표지판에 쓰는 단 하나의 문장으로 그 동물원을 대략적으로 설명할 수 있어야 한다는 것을 강조한다. 즉 너무 자세하게 쓰거나, 포함되는 사물을 빠뜨리는 문장을 쓰면 안 된다.

- **기대·예상되는 응답**

  고기를 먹고 사는 동물들이 모여 있습니다.
  물속에서 사는 동물들이 모여 있습니다.
  풀을 먹고 사는 동물들이 모여 있습니다.
  나무 위에서 주로 생활하는 동물들이 모여 있습니다.

 ## 2교시 문제를 만든 배경과 지도 얼개

1교시				2교시				3교시			
10'	20'	30'	40'	10'	20'	30'	40'	10'	20'	30'	40'
					묶음의 대표문장을 확장하여 문단 만들기 해결하기		첨삭지도 고치기				

문단을 만들기 위해서는 중심문장과 보조문장이 있어야 한다. 앞에서 중심문장을 써 보았으므로 중심문장을 좀 더 자세히 설명하는 보조문장을 개념을 연습하게 하기 위해 이 문제를 설계하였다.

- 난이도 ★★★★☆

- 지도요령

● 앞의 문제에서 쓴 대표문장을 좀 더 확장하여 자세히 쓰는 문제이기 때문에, 대표문장의 논지를 벗어나지 않게 글을 쓰도록 유도한다.

● 동물원의 소개에만 치우쳐 중심문장의 의도에 맞지 않는 문장을 쓰는 학생이 있을 수 있다. 궤간순시를 통해 조언해 주도록 한다.

여기는 바다에서 사는 동물들을 모아 둔 곳입니다. 돌고래, 거북, 해삼, 말미잘, 대구, 꽁치, 오징어 등이 있습니다. 이들은 물속에서 먹을 것을 얻고 알도 물속에서 낳습니다.

3교시 문제를 만든 배경과 지도 얼개

1교시				2교시				3교시			
10'	20'	30'	40'	10'	20'	30'	40'	10'	20'	30'	40'
								커뮤니티 친구들에게 우리 학교를 소개하는 글을 문단 나누어 글로 쓰기			첨삭 지도

배운 내용을 적용해 보는 차시이다. 학생들에게 친숙한 주제를 주기 위해 학교 소개하기를 과제로 주었다. 앞에서 한 내용은 각 단계의 내용을 연습하는 의미도 있지만, 그 단계 자체를 학습하는 의미도 있다. '쓸 내용 간단하게 분류하여 정리하기→분류한 내용을 대표하는 대표문장 만들기→대표문장을 확장하는 문장을 만들어 문단 완성하기'로 구성되는 일련의 과정들을 잘 수행하는지 평가하는 데 중점을 두도록 한다.

- 난이도 ★★★★★

- 지도요령

  ● 제목을 먼저 정하도록 한다. 거기에 따른 내용을 써야 하기 때문이다. "앞 시간에 했었지? 그 내용도 잊지 말고 넣어야 해."라는 말로 주의를 환기시켜 주는 것도 좋다.
  ● 들어갈 내용을 간단하게 메모하는지 살핀다. 개요 짜기가 선행되어야 문단을 구성하기가 쉽기 때문이다.
  ● 메모한 항목에 대한 대표문장을 만든다.
  ● 대표문장을 확장한 문장을 추가하여 문단을 완성한다.
  ● 과정을 잘 수행하지 못하면 조언을 주도록 한다.

- 기대·예상되는 반응

우리학교는 총 50학급입니다. 1학년은 6반, 2학년은 7반, 3학년은 8반, 4학년은 10반, 5학년도 10반, 6학년은 9반까지 있습니다. 한 반에는 대개 35명의 학생이 있습니다. 그래서 전교생은 1600명 정도입니다.

우리학교에는 식물이 많습니다. 일인일화분 기르기를 하여 교실에 식물이 많습니다. 산세베리아, 철쭉, 꽃기린, 스파티필름, 채송화, 나팔꽃, 줄단풍 등이 있습니다. 운동장에 나가면 각종 나무들이 있습니다. 플라타너스, 단풍나무, 회화나무, 벚꽃나무 등이 있습니다.

우리학교의 자랑은 전교생이 책을 많이 읽는다는 것입니다. 아

침마다 10분씩 교실에서 책을 읽고 수업을 시작합니다. 책 읽기
에 재미를 붙인 친구들은 책을 더 많이 읽기 위해서 아침 일찍
학교에 오기도 합니다.

::초 5·6학년 문단 쓰기 수업 결과[7]

♥ 1교시 출제의도 적중 여부

기준을 만들어 묶어 보는 활동을 쉽고 재미있게 하기 위해 동물을 도입했다. 동물의 종류를 쓰는 활동은 모든 학생들이 의욕적으로 하였다. 그런데 그것을 분류하는 기준을 만드는 것은 쉽게 여기지 않았다.

- **정답률**

수업참여인원: 10명

'적절한 기준'인지 '문단을 만들 수만 있으면 되는 기준'인지'3년간' 정답률의 기준을 먼저 정해야 할 듯하다. '적절한 기준'이면서 '문단을 만들 수 있는 기준'을 세운 학생은 4명이었다.

♥ 수업 & 학생반응 분석 및 지도대책

● 문제를 만들 때에는, 고학년이므로 당연히 수중동물, 육상동물, 양서류, 초식동물, 육식동물의 기준 정도로 나눌 줄 알았다. 그런데 학생들은 큰 것, 작은 것, 귀여운 것, 재주 부리는 것, 무서운 동물, 이상한 동물 등의 애매한 기준을 써넣었다. 심지어 동물들의 이름을 그대로 나열한 경우도 있

---

17) 5, 6학년을 대상으로 한 수업의 결과물은 권영미, 이지원 연구원이 작성한 것이다.

었다. 특징적인 제목을 정해야 거기에 맞는 중심문장과 보조문장을 쓸 수 있는데 제목이 빈약한 경우가 많았다.

- 글을 쓰는 능력이 일정수준에 도달하지 않은 이상, 애매한 기준으로 정확한 글을 쓰는 것은 어렵다. 따라서 문단을 쉽게 구성할 수 있을 만큼 적절한 기준을 세우는 데 지도중점을 두도록 한다.

- 과제를 해결하기 전에, 문단 나누기를 배우는 과정이라는 것을 다시 한 번 강조하고 적절한 기준을 세우도록 유도한다. '무서운 동물' 같은 경우 "너 바퀴벌레 무섭지? 근데 세상에는 바퀴벌레를 먹는 사람도 있는 걸?"과 같은 코멘트를 해 주면 좋다.

♥ 1-2교시 출제의도 적중 여부

묶음을 대표하는 문장 만들기는 문단 안에 있는 문장들을 포괄하는 중심문장 쓰기 연습이다. 그래서 문제에 '설명을 한 문장으로 나타내어 봅시다.'라고 하였다. 그런데 학생들은 그 말보다는 동물원의 표지판에 더 신경을 썼다.

- 정답률

수업참여인원: 10명
정답인원: 2명

 수업 & 학생반응 분석 및 지도대책

- 거의 모든 학생이 '한 문장으로 나타내기'라는 과제를 간과하였다. 그리고 표지판의 내용을 쓰기에 열중했다. 그래서 한 문장으로 된 중심문장을 쓰기보다는 사람들의 눈길을 끌기 위한 게시판의 형태로 과제를 작성하였다.

- '설명하는 문장'이라는 과제 역시 무시하였다. 그래서 제목을 그대로 반복한 경우가 많았다. '무서운 동물' – '무서운 동물이 있는 곳'이 그 예이다.

- 보조문장으로 들어가야 할 내용을 쓴 학생들도 있었다. '크기가 큰 동물' – '기린같이 크기가 큰 동물들이 있습니다.' 이 그 예이다. 예시를 드는 문장은 대표하는 문장이 아니라 보조하는 문장에 들어가야 한다는 개념을 짚어 줄 필요가 있다.

- 문제 자체를 이해하지 못하여 동물원 제목을 그대로 쓴 학생들도 있었다. 온순한 동물원(말 그대로), 사나운 동물원 등의 대답은 '문장을 쓰라'는 문제를 이해하지 못한 것으로 보인다.

- 10분 정도 과제해결 시간을 주고 20분은 발표와 수정의 과정을 거쳐야 한다. 제목은 앞 차시에서 정하였고, 그 제목에 맞는 설명하는 하나의 문장을 만들어야 한다는 사실을 계속해서 깨우쳐 주어야 한다.

 2교시 출제의도 적중 여부

묶음의 대표문장을 확장하여 문단 만들기 차시이다. 앞 차시에 쓴 문장의 뜻을 좀 더 구체적으로 쓰게 하는 데 목적이 있다.

■ 정답률

참가인원: 10명
정답인원: 10명

오답사례 및 원인분석

● 정답의 기준을 좀 더 관대하게 두었다. 동물원의 안내판으로서 적당한 구실을 하고 있으면 정답으로 처리하였다.

● 그러나 엄밀히 말하면 문단이라기보다는 단순한 광고문구가 많았다.

[귀여운 애완동물의 세계: 요즘에는 애완동물을 키우고 싶지만 부모님의 반대로 못 키우는 경우가 많죠? 이곳에서는 귀여운 애완동물을 만질 수도 있을 뿐디리 직접 먹이도 주고 같이 놀 수 있는 장소가 있답니다. 어린이들에게는 인기 만선이랍니다.]

● 앞에서 정한 동물원의 이름과, 대표문장과 연관성의 긴밀도가 약간 떨어졌다.

● [활활 타오르는 사막 속에……]라는 제목으로 시작되는 글에는 [사막에 사는 사막여우, 개미핥기 같은 동물들이 있어요. 오셔서 찜질 한번 하세요.]라는 문장이 있었다. 이것은

'한 묶음의 정보는 한 개의 문단으로 묶기'라는 과제의 목적
에 어긋난다.

💟 3교시 출제의도 적중 여부

앞에서 배운 것을 종합하는 단계이다. 전 주에 배운 내용도 모
두 종합해야 한다. 제목을 알맞게 붙이고 글의 목적에도 맞아야
하며 문단도 정확하게 나누어야 한다. 학생들이 친근하게 여길
수 있도록 글감을 학교로 주었다.

- 정답률

수업참여인원: 10명

완벽하게 문단을 나눈 학생은 없었다. 한 묶음의 정보를 한 개
의 문단으로 묶는 활동은 한 학생 기준 평균 60% 정도의 성취
율을 보였다.

- 오답사례 및 원인분석

●학생들 대부분이 [학교의 위치], [교목, 교훈, 교화], [학교의
장점과 단점], [자신의 생각이나 느낌, 결심] 등 대략 3묶음의 정
보로 글을 구성하였다. 그러나 하나의 문단에 한 묶음의 정보를
넣는 것을 완벽하게 수행하지는 못하고 내용이 조금씩 섞여 있
는 것을 발견할 수 있었다. [교목, 교훈, 교화] 뒤에 학교에 대한

개인적인 생각을 넣는다든가, 학교의 위치와 교목, 교훈, 교화 문단을 붙여 쓰는 경우가 많았다.

●첨삭지도를 통해 잘못된 부분을 짚어 주고, 집에서 수정하여 홈페이지에 올리도록 하였다.

쓰기의 출발

정확히 표현하는 문장 쓰기

언어는 정보 소통의 핵심도구

우리는 각자의 영역에서 매일매일 새로운 정보를 생성하며 살아간다. 정보는 다른 정보들과의 소통을 통해서 걸러지거나 결합함으로써 새로운 정보로 재탄생하게 된다. 이런 정보의 네트워크는 날이 갈수록 다양해지고 점점 복잡한 관계를 생성하고 있다. 새롭게 생성된 정보가 소멸되지 않고 네트워크를 통해서 소통을 원활하게 하기 위해서 정보는 <언어>의 옷을 입게 된다. 그런 점에서 언어는 정보를 저장하며 그 정보를 가공하거나 필요에 따라 적절히 처리할 수 있게 하는 핵심적인 도구이다.

정보처리체는 생존의 요건

인간이 사용하는 언어는 동물의 언어와 질적인 차이를 보이며, 일상에서의 의사소통을 위한 언어 영역뿐만 아니라 고도로 추상화된 언어도 지속적으로 축적되고 있다. 이들은 모두 정보를 담고 있다는 점에서 정보가 핵심 가치로 평가받는 현대인에게 언어의 사용 능력을 갖는 것은 생존의 필수 요건이 되고 있다. 이런 점에서 정확하고 빨리 정보를 소통할 수 있는 <정보처리체>로서의 자질을 갖추는 것은 현대인이 피할 수 없는 요건의 하나가 되었다.

💗 정확한 언어구사의 필요성

정보를 저장하고 가공·처리하며 소통하는 일련의 과정이 언어를 매개로 이루어지고 있으므로, 이 과정에서 정보의 오류나 훼손의 방지를 위한 장치가 필요하다. 이는 정보의 언어화 과정(리코딩)이나 언어의 정보화 과정(디코딩)에서 정보의 왜곡을 최소화하여야 함을 의미한다. 그래서 정보화 시대에 정보를 습득하고 유통하는 주체로서의 자격을 유지하기 위해서 인간은 언어를 정확하게 구사할 수 있는 능력을 갖춰야 한다. 정보의 교류와 지식의 축적 등을 위해서도 이는 반드시 필요한 것이다.[18]

💗 정확한 문장이 글쓰기의 바탕

쓰기와 읽기를 <소통>을 중심으로 이해할 때, 즉 텍스트를 매개로 정보를 소통할 때, 그것의 중심 단위는 문장이 된다. 적절한 어휘를 선택하는 것이나 적절한 문단을 구성하는 것도 언어 구사의 과정에서 중요한 요소이지만, 그것의 중심은 <문장>

---

18) 위의 집필 내용의 아이디어는 '이상태(2006), 『글쓰기』, 경북대학교'의 머리말을 참조하였다.

이 될 수밖에 없다. 그래서 정확한 문장을 구사할 수 있는 능력을 갖는 것이 글을 쓰는 바탕이 되며, 문장을 정확하게 읽어 낼 수 있는 능력을 갖는 것이 글 읽기의 바탕이 되는 것이다. 문장의 정확성이 정보 생성과 유통에서 핵심적인 요소의 하나로 강조될 수밖에 없는 이유가 여기에 있다.

① 피자의 달인

② 안녕하십니까? ③ 저는 이번 피자헛에 이력서를 낸 김OO이라고 합니다.

④ 저는 피자에 관하여 아주 잘 알고 있습니다. ⑤ 자에 맛도 아주 맛있게 할수 있고, 모양새부터 먹고 싶을 정도로 만들 수 있습니다.

⑥ 예전 피자집에서는 요리사를 맡았었고 제가 만든 피자는 사람들에게 쉴새없이 팔려 나갔었습니다.

⑦ 요즘 제가 새로운 아이디어를 짰는데 그 피자는 살이 찌지 않고 몸에도 아주 좋아 사람들이 자주 먹어도 괜찮을 것입니다. ⑧ 론 맛도 너무 맛있습니다.

⑨ 저번에는 제가 피자 세계챔피언에 나서서 1등은 못했지만, 2등에 섰습니다. ⑩ 사람들이 저를 많이 안타까워했습니다.

⑪ 저는 피자 만들기가 너무 새밌습니다. ⑫ 사림들이 제가 민든 요리를 먹고 맛있어 하면 저도 전로 신이 납니다

⑬ 저는 피자뿐만 아니라 치킨, 탕수육, 자장면 등 갖가지 요리를 맞아 요리했었습니다. ⑭ 그래서 이번에는 피자를 할까 싶습니다.

⑮ 제가 피자를 만들어 사람들의 행복을 찾아 줄 수 있게 저를 꼭 뽑아 주십시오. ⑯ 사장님이 후회는 절때 하시지 않도록 열심히 일 할 것입니다.

💟 정보를 정확히 표현하는 문장

정보를 <정확히 표현하는 문장>이라는 말은 여러 가지 의미를 내포하고 있다. 적확한 어휘의 선택, 맞춤법에 맞는 표기, 띄어쓰기 규칙 준수, 문장을 구성하는 원리(문법) 지키기 등을 포함하고 있다. 뿐만 아니라 문장을 엮어 내는 요령(문단을 구성하는 원칙)을 익혀서 독자들과의 의사소통에 오해나 불편의 요소를 줄여야 함을 뜻하기도 한다. 이는 분명한 의미를 담도록 단위 문장을 표현해야 한다는 의미와 함께, 텍스트를 구성하는 문장들이 일렬로 이어졌을 때, 그것들의 유사성과 차별성에 따라서 자르고 묶을 위치를 적절하게 배분할 수 있어야 한다는 의미를 담고 있다.

💟 띄어쓰기와 맞춤법

[보기글 1]을 맞춤법과 띄어쓰기를 중심으로 보면, ⑤<자에>는 <피자의>, <할수>는 <할 수>, ⑥<맡았었고제가>는 <맡았고, 제가>, <쉴새없이팔려>는 <쉴 새 없이 팔려>, <나갔었습니다.>는 <나갔습니다.>, ⑦<짰는데그>는 <짰는데, 그> 혹은 <냈는데, 그>, <괜찮을것입니다.>는 <괜찮을 것입니다.>, ⑧<론>은 <물론>, ⑨<세계챔피언에>은 <세계챔피언대회에> 등으로, ⑬<탕수육, 자장면등>은 <탕수육, 자장면 등>, <맞아>는 <맡아>, <요리했었습니다.>는 <요리했습니다.>, ⑮<행복을찾아>는 <행복을 찾아>, <줄수>는 <줄

수>, ⑯<사장님이>는 뒤의 <하시지>와 호응을 위해 <사장님
께서>, <절때>는 <절대>, <할것입니다.>는 <할 것입니다.>
로 각각 바로잡아야 한다.

 어휘와 문장

이들 외에도 [보기글 1]을 어휘와 문장을 중심으로 보면, ⑤
<맛도 아주 맛있게 할 수 있고,>는 <아주 맛있게 요리할 수
있고,>, <모양새부터 먹고 싶을 정도로>는 <보기만 해도 먹고
싶을 정도로> 혹은 <먹음직한 모양새로>, ⑥ <예전 피자집에
서는 요리사를 맡았었고 제가 만든 피자는……>은 <예전 피자
집에서는 요리사를 맡았는데, 제가 만든 피자는……> 혹은 <예
전 피자집에서 (일할 때) 제가 만든 피자는……>, ⑧ <맛도 너
무 맛있습니다.>는 <너무 맛있습니다.> 혹은 <맛도 너무 좋습
니다.>, ⑨ <나서서 1등은 못했지만, 2등에 섰습니다.>에서
<나서서>는 <참가해서> 등으로 <1등은 못했지만, 2등에 섰
습니다.>는 <2등을 했습니다.> 등으로, ⑩ <사람들이 저를 많
이 안타까워했었습니다.>는 <……제가 1등을 못하고 2등에 머
문 사실에 대해 안타까워……>, ⑪ <서는 피사 만들기가 너무
재밌습니다.>는 <……만드는 것(일)이……>, ⑭ <할까 싶습니
다.>는 <맡고 싶습니다.> 등으로 고쳐 써야 한다.

　앞서 살핀 것을 토대로 [보기글 1]에서 문장이 확장되는 단위인 문단과 글 전체의 구성을 중심으로 보기로 한다. 아래를 다시 참조하면, 모두 여덟 개의 문단으로 구성되어 있다. 인사를 하고 있는 첫 문단 ㉮와 뽑아 줄 것을 부탁하는 ㉢를 제외하면 여섯 개의 문단이 본문을 이루고 있다. 시간을 기준으로 보면, ㉯, ㉣, ㉧는 현재의 사실이나 상태를, ㉰, ㉱, ㉦는 과거의 이력을 이야기하고 있으므로, 이들을 묶으면 본문은 두 개의 문단으로 재구성된다. 이렇게 정리하는 것이 바람직하다. 다른 기준을 적용한다면, <피자에 대해서 잘 알고> <새로운 아이디어도 있고> <피자 만들기가 재미있고>, <사람들을 행복하게 하고 싶고> 등을 묶어서 한 문단으로, <피자집 요리사 경력> <세계챔피언 대회 수상 경력> <맛있는 피자, 먹음직스런 피자를 만들 수 있는 능력> 등을 묶어서 다른 문단으로 엮을 수 있다. 어떻게 하든 문단은 다시 정비되어야 한다.

　　㉮② 안녕하십니까? ③ 저는 이번 피자헛에 이력서를 낸 김○○ 이라고 합니다.
　　㉯④ 저는 피자에 관하여 아주 잘 알고 있습니다. ⑤ 자에 맛도 아주 맛있게 할 수 있고, 모양새부터 먹고 싶을 정도로 만들 수 있습니다.
　　㉰⑥ 예전 피자집에서는 요리사를 맡았었고 제가 만든 피자는 사람들에게 쉴새없이 팔려 나갔었습니다.
　　㉱⑦ 요즘 제가 새로운 아이디어를 짰는데 그 피자는 살이 찌지 않고 몸에도 아주 좋아 사람들이 자주 먹어도 괜찮을 것입니

다. ⑧ 론 맛도 너무 맛있습니다.

　　㉮⑨저번에는 제가 피자 세계챔피언에 나서서 1등은 못했지만, 2등에 섰습니다.⑩사람들이 저를 많이 안타까워 했었습니다.

　　㉯⑪저는 피자 만들기가 너무 재밌습니다.⑫사람들이 제가 만든 요리를 먹고 맛있어 하면 저도 절로 신이 납니다.

　　㉰⑬저는 피자뿐만 아니라 치킨, 탕수육, 자장면 등 갖가지 요리를 맞아 요리했었습니다. ⑭그래서 이번에는 피자를 할까 싶습니다.

　　㉱⑮제가 피자를 만들어 사람들의 행복을 찾아 줄 수 있게 저를 꼭 뽑아 주십시오. ⑯사장님이 후회는 절때 하시지 않도록 열심히 일 할것입니다.

♡ 배운 것을 실천하는 것이 공부

앞서 우리가 공부했던 내용들을 떠올리면서 이 글을 다시 살펴보기로 하자. 내용과 부합하는 제목을 달았는가? 목적에 부합하는 내용을 잘 선택했는가?, 정보의 조각들을 문단으로 적절하게 묶었는가? 등이 그 항목들이다. 김OO의 글이 정보의 조각들을 흩어 놓지 않고 새롭게 묶어서 적절히 분류하는 데 실패하고 있는 것을 앞에서 살펴보았다. 그것의 원인이 무엇인지 곰곰이 생각하고, 메모해서 이후에 글을 쓸 때는 이것을 지키려고 노력해야 한다. 배운 것을 몸으로 실천하는 사람만이 깨달음을 얻을 수 있고, 자기 발전을 가져올 수 있음을 명심해야 한다.

♡ 제목을 통해 무얼 말하고 싶은가

[보기글 1]의 ①에서 확인할 수 있듯이 제목은 <피자의 달인>이다. 글을 읽는 사람은 누구나 이 제목이 환기하는 것에 주

목한다. 그래서 제목을 붙일 때에는 그것에서 떠올려지는 것이 무엇인지를 늘 염두에 두어야 한다. 글 쓰는 <내가> <지금> 생각하고 있는 것을 본문에서 쓸 것이므로, 나의 의도와 본문에 기술된 내용을 가장 잘 나타낼 수 있는 것이 제목이 되어야 함은 당연하다. <피자의 달인>이라는 제목이 인도하는 것은 어떤 의미의 창고인가. 이 제목을 접한 독자가 갖게 되는 기대는 어떤 것인가에 대해 고민하는 것이 좋은 제목을 선택할 수 있는 첫걸음이다. 독자가 이 글의 제목에서 <피자를 잘 만드는 사람 이야기>, <피자의 달인이란 이러이러한 것을 할 수 있는 사람>이라는 그림을 그렸다면, 글 쓴 사람이 이 글을 쓴 목적을 이루는 데 제목이 크게 기여할 수 있을까? 그 답을 찾고, 그 원인에 대해서 깊이 반성하는 시간을 가져야만 한다.

♡ 글을 쓴 목적은 무엇인가

다시 돌아보자. 이 글을 쓴 목적은 무엇인가? 나의 이력을 자랑하거나 나의 피자 만드는 솜씨를 자랑하거나 내가 피자 만드는 일을 좋아하고 있음을 이야기하는 것이 목적이 아니다. 이 글의 목적은 명백하다. 피자헛에서 일하고 싶으니, <나를 채용해 달라>는 것이다. <나는 치킨도 만들어 보았고, 탕수육과 자장면도 잘 만들 수 있으니 나를 채용해 달라?>는 문장을 읽는 <피자헛> 사장은 이 글을 쓴 사람에 대해서 몇 점을 주려고 할지 생각해야 한다. 자기소개서를 쓰는 목적은 <장기자랑> 대회에 출전하는 것과 다른 것임을 글 쓰는 사람이 스스로 깨닫고, <한

단어> <한 문장>을 쓸 때마다 혼신의 힘을 기울여야 한다.

글은 마법의 거울

♥　피자헛 사장에게 <자기소개서>는 그것을 제출한 사람의 경력이나 특기만 보여 주는 손거울이 아니라, 그 사람의 모든 것을 비춰 볼 수 있는 <마법의 거울>임을 명심해야 한다. 피자헛 사장은 이 소개서를 구성하는 문장 군데군데에서 띄어쓰기나 맞춤법의 오류가 있는 것을 발견한다. <피자는 잘 만드는데 글쓰기가 약간 서툴군> 이렇게 생각해 주기를 간절히 바라지만, 오류투성이 문장을 쓰는 것으로 보아 이 친구가 만든 피자는 손님들에게 <오류투성이 피자를 내놓겠군> 이렇게 생각할 것이다. 내가 피자헛 사장이라면 <그럼에도 불구하고> 이 소개서의 주인을 채용할 것인가?

♥ 글은 잡담이나 채팅과 다른 세계

[보기글 1]의 ⑮번 문장(제가 피자를 만들어 사람들의 행복을 찾아 줄 수 있게 저를 꼭 뽑아 주십시오.)은 돌출발언이다. ⑮번 자리의 몫은 글 전체의 결론에 해당하는 부분이므로, 글의 구조상 본문에서 이야기했던 내용들을 한곳으로 모으면서 강렬한 인상을 줄 수 있는 문장으로 마무리를 하는 역할을 하는 것이다. 그런데 그 자리를 <사람들의 행복을 찾아 줄 수 있게>가 차지하고 이다. 본문에서 이야기하고 있지 않은 <느닷없는> 내용이 노른자위 노릇을 하고 있는 셈이다. 본문 내용 전체의 힘을 분산시키면서 글을 오합지졸로 만드는 역할을 한다. 피자헛의 창업

이념이나 홍보 슬로건이 <고객 행복 찾기>가 아니라면, 이는
본인의 <창업> 계획서에 어울리는 내용이다.

이념이나 홍보 슬로건이 <고객 행복 찾기>가 아니라면, 이는
본인의 <창업> 계획서에 어울리는 내용이다.

[5 – 6]

의도를 정확하게 표현하지 못한 문장 찾기

- 일본인 친구 하나코가 여러분에게 편지를 보내왔습니다. 편지글을 읽고 물음
  에 답하세요.

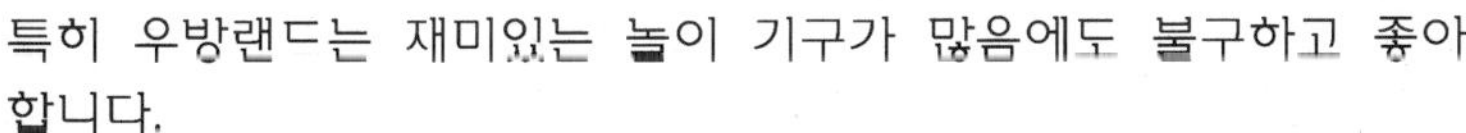

안녕하세요. 저는 하나코라고 합니다.
한국에 온지 3년간이 지났습니다.
지난 3년 동안 많은 사람과 많은 일을 겪었습니다.
나를 친절하게 대해 주었던 고마운 친구들……
그 친구들이 감사했습니다.
한국에서 가장 잼있었던 일 중 하나는 대구를 여행
했습니다.
특히 우방랜드는 재미있는 놀이 기구가 많음에도 불구하고 좋아
합니다.
그중에서도 "바이킹"이라는 재미있는 기구가 '옥에 티'라고 생각
합니다.
그 옆에 서 있으면 무서운 사람들의 비명소리가 들립니다.
저는 내년에 일본에 돌아가면 일본의 놀이공원에 갔습니다.
하지만 대구에 우방랜드를 잊지 못할 것입니다.

- 하나코가 쓴 글에서 어법에 맞지 않는 문장을 찾아서 바르게 고쳐 봅시다.

- 하나코의 글에서 의미가 분명하지 않은 문장을 찾아서 바르게 고쳐 봅시다.

- 다음은 해솔이의 일기입니다. 여러분이 선생님이 되어 어법에 맞지 않는 부분을 찾아보세요.

　우리 학교는 해마다 봄에 공원에서 그림그리기 대회를 열었는데, 불꽃놀이를 그렸다.
　나는 이 그림그리기 대회를 좋아하는데 상을 받은 적이 있다.
　내 그림은 검은색 바탕 위에 형형색색의 아름다운 불꽃이 가득한 그림이었다.
　방학 기간 동안 그리기 연습을 많이 했기 때문에 자신이 있었다.
　옆에서 그림을 그리던 지원이가 나의 그린 그림이 매우 멋지다고 말했다.
　특히 멋진 부분은 형형색색의 아름다운 불꽃이 그려졌다.
　하지만 민건이는 내 그림이 너무 평범하다고 하였다. 나는 깜짝 놀랐다. 밤하늘이 완전히 검은색만은 아니라고 말했다.
　"과연 밤하늘이 검지만은 않아." 옆에서 성지도 고개를 끄덕이며 말했다.
　나도 민건이의 밤하늘은 완전히 검은색만은 아니라는 의견에 공감하게 되었다.

- 다음의 문장들은 해솔이의 일기에서 가져온 것입니다. 잘못이 있는 부분을 어법에 맞는 문장으로 고쳐 써 보세요.

우리 학교는 해마다 봄에 공원에서 그림그리기 대회를 열었는데, 불꽃놀이를 그렸다.

....

....

....

나는 이 그림그리기 대회를 좋아하는데 상을 받은 적이 있다.

내 그림은 검은색 바탕 위에 형형색색의 아름다운 불꽃이 가득한 그림
이었다.

방학 기간 동안 그리기 연습을 많이 했기 때문에 자신이 있었다.

옆에서 그림을 그리던 지원이가 나의 그린 그림이 매우 멋지다고 말했
다.

특히 멋진 부분은 형형 색색의 아름다운 불꽃이 그려졌다.

하지만 민건이는 내 그림이 너무 평범하다고 하였다. 나는 깜짝 놀랐
다. 밤하늘이 완전히 검은색만은 아니라고 말했다.

"과연 밤하늘이 검지만은 않아." 옆에서 성지도 고개를 끄덕이며 말했다.

나도 민건이의 밤하늘은 완전히 검은색만은 아니라는 의견에 공감하게 되었다.

의미가 분명한 문장 쓰기

- 다음은 혜정이의 일기입니다. 의미가 두 가지 이상으로 해석되거나, 잘못된 어휘를 사용하여 의미가 분명하지 못한 부분을 바르게 고쳐 쓰세요.

오늘은 커뮤니티 수업을 듣기에 두말할 나위 없이 좋은 날씨이다.

우리 커뮤니티는 5, 6학년을 모두 다 합쳐도 무려 열 명밖에 안 된다.

나는 웃으면서 들어오는 여정이에게 인사를 건넸다.

커뮤니티 수업을 들은 이후로 계속 책상 정리를 안 했더니 책상 위가 들쑥날쑥하다.

새로 온 민영이는 친구들에게 사탕과 초콜릿 두 개를 나누어 주었다.

우리 커뮤니티 친구들은 모두 코코아를 너무 좋아한다.

커뮤니티 학생들은 코코아를 다 타서 마시지 않았다.

"세령이는 나보다 코코아를 더 좋아하는 것이 분명해." 하고 혜주가
말했다.

경환이가 마시는 것이 이상하다며 민건이가 경환이의 코코아를 마셔
버렸다.

“경환이 코코아를 내가 마셔버려서 미안할 망정이야.”

“우리가 사과하고, 친하게 지내야 반이 살기가 돌지.” 민건이가 경환이
에게 말했다.

- 어법에 맞고 의미가 분명하게 전달되도록 그림 속의 상황을 간략하게 설명하여 봅시다.

- 앞에서 정리한 내용을 하나의 이야기로 만들어 봅시다.

- 아래 그림 재료를 이용해서 ① 주제를 선택하여 ② 그림의 순서를 정하고,
  ③ 주제를 살리는 글을 써 보세요.

A B

C D

- 주제 상자

ⓐ 내우외환	ⓔ 일장춘몽	ⓘ 와신상담
ⓑ 백척간두	ⓕ 새옹지마	
ⓒ 위기탈출	ⓖ 언감생심	
ⓓ 십년감수	ⓗ 예측불허	

- 주제 선택:
- 그림 순서:
- 글의 제목:

- 다음의 상자 속에 내가 구상한 글을 써 봅시다.

　　나 홀로 섬에서 생활한지 1년째, 야자수 한 그루만이 나와 24시간을 같이 한다. 어느 날 갑자기 여행을 떠나고 싶었다. 그래서 뗏목을 만들어 정처 없이 바다를 떠돌아다녔다. 그러다가 태풍을 만나, 보잘 없는 뗏목은 산산조각이 나 버렸다. 그렇게 나의 이 좁디좁은 섬에서의 생활은 시작되었다. 무료하고 따분한 일상의 연속, 어느덧 나는 야자수와도 대화를 할 수 있게 되었다. 하루는 저 멀리서부터 커다란 알 하나가 섬을 향해 둥둥 떠오고 있었다. "오, 저건 뭐지? 크기가 나만 한 것이 타조 알인가." 심심했던 참에 잘 됐다 싶어 근처까지 떠내려온 알을 주워 올렸다.

　　"이 정도 크기라면 일주일 정도는 특식이다!" 나는 벌써부터 배가 불러오는 것 같았다. "찌지직" 알이 조금씩 갈라지기 시작했다. 알이 깨기 전에 얼른 요리 준비를 해야겠다는 생각에 나는 분주하게 몸을 움직였다. 뗏목이 부서지면서 몸뚱이 하나만 간신히 살아남았기 때문에 제대로 된 요리 도구는 하나도 없었다. 대신 그동안 심심해서 만들어둔 목재 요리 도구들은 모조리 다 준비했다. "콰지지지직" 갑자기 알이 빠른 속도로 깨지기 시작했다. 그런데 이상하다. 느낌이 좋지 않다.

　　악어다. 이건 아니다. 나는 나도 모르게 나무로 만든 칼을 한 손에 들었다. "크아아앙" 날카로운 악어의 이빨을 본 순간 나무로 만든 칼은 아무 소용도 없다는 것을 깨달았다. 도망가야 한다. 악어는 걸음이 느렸지만, 좁은 섬이라 도망칠 곳도 없었다. 그 순간 야자수가 생각났다. "후다다닥" 눈 깜짝할 새에 야자수 꼭대기까지 올라갔다. 그리고는 악어가 그냥 가기만을 기다렸다. 나는 그렇게 야자수와 함께 밤을 꼬박 지새웠다.

　　다음날 눈을 떠보니 배가 고팠는지 악어는 사라지고 없었다. 밤새 야자수에 매달려 있느라 힘이 다 빠졌지만, 악어를 본 놀라움에 배는 하나도 고프지 않았다. "휴, 십년감수했네. 야자수라도 있었으니 망정이지 이번에는 진짜 죽을 뻔했다." 그래도 유일하게 이 좁은 섬에서 나를 반겨 주는 친구이다. 야자수에게 고마웠다. 나는 야자수에서 내려와 기둥에 기대앉았다. 갑자기 피로가 몰려와 잠이 솔솔 쏟아진다. 그런데…… 저 멀리서 또 알 하나가 떠내려온다.

■ 앞의 글은 그림의 순서를 재배치하여 새로운 이야기를 구성한 예이다. 그림
  의 순서와 주제는 다음과 같다.

주　　제: 십년감수
그림순서: C - D - B - A
제　　목: 야자수는 내 친구

출처: http://cafe.naver.com/dnue/329

이 글에 달린 댓글은 다음과 같다.

[쎈] 리플레이? 또 알이 떠내려오는 마지막 장면이 재미있네요.
[vicjeon13] 제목을 인상 깊게 잘 지었네요.
[mol9000] 표현들이 참 실감나는 것 같네요. 찌지직, 콰지지직, 후다
          다닥, 크아아앙. 많기도 해라~ ㅎㅎㅎ
[pirsang] 제목과 내용이 기발한 듯
[wwwinter7] 뒷내용이 궁금하네요. 알에서 또 악어가 나올지

::어법에 맞는 문장 쓰기 <해솔이의 일기>

1. 문장성분 - 필요한 성분 갖추기 - 주어의 생략

1. 우리 학교는 해마다 봄에 공원에서 그림그리기 대회를 열었는데, 불꽃놀이를 그렸다.
→우리 학교는 해마다 봄에 공원에서 그림그리기 대회를 여는데, <u>나는</u> 불꽃놀이를 그렸다.

2. 문장성분 - 필요한 성분 갖추기 - 필수 부사어의 생략

2. 나는 이 그림그리기 대회를 좋아하는데 상을 받은 적이 있다.
→나는 이 그림그리기 대회를 좋아하는데 <u>이 대회에서</u> 상을 받은 적이 있다.

3. 문장성분 - 필요한 성분 갖추기 - 공통되지 않은 요소의 생략

3. 나는 크레파스를 들고 밑그림과 색칠을 하였다.
→나는 크레파스를 들고 밑그림을 <u>그리고</u> 색칠을 하였다.

4. 문장성분 - 불필요한 성분 삭제하기 - 주어 서술어의 동어반복

4. 내 그림은 검은색 바탕 위에 형형 색색의 아름다운 불꽃이 가득한 그림이었다.
→내 그림은 검은색 바탕 위에 형형 색색의 아름다운 불꽃이 <u>가득했다.</u>

5. 문장성분 – 불필요한 성분 삭제하기 – 동일 의미의 중복

5. 방학 기간 동안 그리기 연습을 많이 했기 때문에 자신이 있었다.

→방학 <u>동안</u> 그리기 연습을 많이 했기 때문에 자신이 있었다.

6. 문장성분 – 불필요한 성분 삭제하기 – 관형어의 중첩

6. 옆에서 그림을 그리던 지원이가 나의 그린 그림이 매우 멋지다고 말했다.

→옆에서 그림을 그리던 지원이가 <u>내가</u> 그린 그림이 매우 멋지다고 말했다.

7. 성분 간의 호응 – 주어와 서술어의 호응

7. 특히 멋진 부분은 형형 색색의 아름다운 불꽃이 그려졌다.
→특히 멋진 부분은 형형 색색의 아름다운 불꽃<u>이었다.</u>

8. 성분 간의 호응 – 주어와 서술어의 호응

8. 하지만 민건이는 내 그림이 너무 평범하다고 하였다. 나는 깜짝 놀랐다. 밤하늘이 완전히 검은색만은 아니라고 말했다.

→하지만 <u>민건이는 내 그림이 너무 평범하다며 밤 하늘이 완전히 검은색만은 아니라고 말했다.</u> 나는 깜짝 놀랐다.

9. 성분 간의 호응 - 부사어와 서술어의 호응

9. "과연 밤하늘이 검지만은 않아." 옆에서 성지도 고개를 끄덕이며 말했다.

→"<u>과연</u> 밤하늘은 여러 가지 색깔이<u>구나</u>." 옆에서 성지도 고개를 끄덕이며 말했다.

10. 성분 간의 호응 - 수식어와 피수식어의 호응

10. 나도 민건이의 밤 하늘은 완전히 검은색만은 아니라는 의견에 공감하게 되었다.

→나도 밤 하늘은 완전히 검은색만은 아니라는 <u>민건이의</u> 의견에 공감하게 되었다.

::의미가 분명한 문장 쓰기 〈혜정이의 일기〉

1. 오늘은 커뮤니티 수업을 듣기에 두말할 나위 없이 좋은 날씨이다.

→오늘은 커뮤니티 수업을 듣기에 <u>더할 나위 없</u>이 좋은 날씨이다.

2. 우리 커뮤니티는 5, 6학년을 모두 다 합쳐도 무려 열 명밖에 안 된다.

→우리 커뮤니티는 5,6학년을 모두 다 합쳐도 <u>겨우 열 명밖에</u> 안 된다.

3. 나는 웃으면서 들어오는 여정이에게 인사를 건넸다.(수식의 모호성)

→나는, <u>웃으면서 들어오는 여정이</u>에게 인사를 건넸다.

→들어오는 여정이에게 <u>나는 웃으면서</u> 인사를 건넸다.

4. 커뮤니티 수업을 들은 이후로 세속 책상 정리를 안 했디니 책상 위가 들쑥날쑥하다.

→커뮤니티 수업을 들은 이후로 계속 책상 정리를 안 했더니 책상 위가 <u>뒤죽박죽이다.</u>

5. 새로 온 민영이는 친구들에게 사탕과 초콜릿 두 개를 나누어 주었다.(병렬구문의 모호성)

→새로 온 민영이는 친구들에게 <u>사탕과 초콜릿 하나씩</u>을 나누어 주었다.

→새로 온 민영이는 친구들에게 <u>사탕 하나와 초콜릿 두 개</u>를 나누어 주었다.

6. 우리 커뮤니티 친구들은 모두 코코아를 너무 좋아한다.

→우리 커뮤니티 친구들은 모두 코코아를 <u>매우</u> 좋아한다.

7. 커뮤니티 학생들은 코코아를 다 타서 마시지 않았다.(부정표현의 모호성)

→커뮤니티 학생들은 <u>아무도</u> 코코아를 타서 마시지 않았다.

→커뮤니티 학생들 중 <u>일부는</u> 코코아를 타서 마시지 않았다.

→커뮤니티 학생들은 코코아를 <u>모두 먹어치우지는</u> 않았다.

8. "세령이는 나보다 코코아를 더 좋아하는 것이 분명해." 하고 혜주가 말했다.(비교구문의 모호성)

→"세령이는 <u>내가 코코아를 좋아하는 것보다</u> 코코아를 더 좋아하는 것이 분명해."라고 혜주가 말했다.

→"세령이는 <u>나 없이는 살아도</u> 코코아 없이는 못살아."라고 혜주가 말했다.

9. 경환이가 마시는 것이 이상하다며 민건이가 경환이의 코코
아를 마셔버렸다.(의존 명사 구문의 모호성)

→경환이가 마시는 <u>코코아가 이상하다</u>며 민건이가 경환이의
코코아를 마셔버렸다.

→경환이가 <u>코코아를 마시는 것은 이상하다</u>며 민건이가 경환
이의 코코아를 마셔버렸다.

10. "경환이 코코아를 내가 마셔버려서 미안할 망정이야."

→"경환이 코코아를 내가 마셔버려서 미안할 <u>따름</u>이야."

11. "우리가 사과하고, 친하게 지내야 반이 살기가 돌지." 하고
민건이가 경환이에게 말했다.

→"우리가 사과하고, 친하게 지내야 반이 <u>화기애애</u>해지지."라
고 민건이가 경환이에게 말했다.

05

표현의 고수

간결하고 쉬운 문장 쓰기

소통의 효율을 높이는 문장

글쓰기는 소통을 전제로 이루어진다. 그래서 글을 쓰는 사람과 읽는 사람 사이의 소통의 효율성이 관심 영역에서 벗어날 수 없는 것이다. 의도를 정확하게 살려서 쓰는 것이 중요한 것도 이 때문이고, 의도와 다르게 해석될 수 있는 가능성 곧 애매성의 요소를 적절하게 제어해야 하는 것도 이런 이유 때문이다. 정보 소통의 속도를 높이고, 소통 과정에서의 오류의 가능성을 줄이기 위해서는 정보를 담고 있는 문장을 간결하게 유지할 필요가 있다. 길고 복잡한 문장이 그렇지 않은 문장보다 소통의 효율 측면에서 불리할 수밖에 없기 때문이다.

적절하게 구성되는 문장성분

우리가 쓰는 문장은 정보를 담고 있는 문장의 성분들로 구성된다. 구성 요소들은 모두 일정한 정보를 담고 있고, 문법 규칙에 따라서 이들이 결합하는 과정을 통해서 문장의 의미가 축조

된다. 그래서 한 문장이 많은 정보를 담기 위해서는 그만큼 많은 성분들을 필요로 하게 된다. 문장을 구성하는 성분의 수가 많아지면 문장의 구조가 복잡해지고, 성분들 간의 관계가 단순하지 않아 소통의 과정에서 부담이 늘어나게 된다. 이런 이유로, 글을 쓸 때는 하나의 문장을 이루는 성분들의 규모를 결정하고, 이들을 엮어 내는 적절한 문법 규칙을 선택하는 문제 앞에 서게 된다.

정보의 밀도를 높이는 설계

글쓰기를 할 때는 글 전체가 담고 있는 정보의 양이 설계되고, 그것을 풀어 쓰는 과정에서 문단 단위로 하나하나의 정보 묶음이 구성된다. 하나의 문단을 설계할 때는 문장의 길이와 개수를 정하는 것이 가장 현실적인 선택의 문제다. 정보 묶음을 구성하는 문장의 숫자가 적으면 한 문장이 담고 있는 정보의 양이 많아지게 된다. 이 둘이 균형을 이룰 수 있는 접점을 찾는 것이 소통의 효율을 높이는 글쓰기의 핵심 역량이다. 군더더기 요소를 없애고 밀도를 일정하게 유지하는 문장을 쓰는 것이 글쓰기의 숙련도를 결정하는 것이라고 하겠다.

짧은 문장 간결한 구조

글쓰기에서 소통의 문제는 기억과 활용을 쉽게 하기 위해서 우리가 취해야 할 전략을 선택하는 문제와 다름 아니다. 앞서 살핀 것을 토대로 정리하면 그 원칙은 세 가지로 정리된다. 동일한 정보를 담고 있다면 가능하면 짧은 문장, 곧 성분들의 수를 적게 하는 것이 우리가 취해야 할 첫째 전략이다. 또한 같은 수의 성분으로 구성된다면, 곧 길이가 같다면 가능하면 많은 정보를 담을 수 있게 하는 것 또한 글쓰기의 다른 전략이다. 같은 정보량, 같은 길이의 문장이라면 그것에 적용되는 문법 규칙의 수가 적어서 단순한 구조로 설계하는 것 또한 빼놓을 수 없는 선택이다.

보기글 1: 금연 광고의 한 부분

A(조O민)

ㄱ) 인체박물관에 가면 담배로 인해 시커멓게 된 폐를 보면 담배가 나쁘다는 것을 알 수 있다.

ㄴ) 시커먼 폐가 박물관에 있는 이유는 담배를 많이 피우게 되면 폐가 좋지 않아서 폐로 인하여 사람들이 후회를 하고 다른 사람들한테 담배를 피우지 말라는 것을 알리기 위해서 기증했기 때문이다.

ㄷ) 그러니 담배는 몸에 좋지 않으므로 담배를 피워서는 안 된다

B(박O수)

ㄱ) 인체박물관에 가보면 종종 폐가 시꺼멓게 변색된 것을 볼 수 있다.

ㄴ) 이런 폐들은 주로 흡연으로 폐가 오염되어 사망한 사람들의 것이다.

ㄷ) 그러니 건강한 폐를 가지기 위해서라도 모두 흡연을 자제하도록 하자.

* 아래는 금연 광고의 일부입니다. ㄱ), ㄴ), ㄷ)을 원래 뜻을 살리면서 다시 써 보세요.

ㄱ) 인체박물관에 가보면 담배를 너무 많이 피워서 폐가 시꺼멓게 변색 된 것을 볼 수 있다.

ㄴ) 그런게 생긴 이유는 담배를 많이 피워서 죽는 사람들이 있기 때문이다!!!

ㄷ) 그러니 담배는 피우되 흡연구역에서만 피우자!!!

---

a. ㄱ)과 ㄴ)에 '담배를 많이 피워서'라는 부분이 중복되어 있다. 하나를 생략하여 논리의 흐름을 매끄럽게 정리해 보세요.

b. ㄷ)의 '그러니' 뒤 부분은 글 전체의 결론 역할을 제대로 할 수 있게 (지난번 연습한 것을 토대로) 수정하세요.

c. 세 문장을 쓸 때, <각 문장의 길이, 각 문장이 담고 있는 정보의 양, 각 문장이 논리를 지탱하는 힘(역할)>에서 균형을 갖도록 유의하기 바랍니다.

♥ 논리 설계와 문장 구성 능력

위의 [보기글 2]는 [보기글 1]을 수행하는 문제로 주어진 것이다. 광고의 원문은 초등학교 3학년이 만든 광고에서 따왔고, 그 광고의 원 취지는 "ㄱ)검게 변색된 폐는 ㄴ)흡연이 그 원인이므로 ㄷ)금연하자."는 것이 골격이다. 광고 원문에서 논리 흐름의 왜곡을 가져오는 ㄷ)부분을 교정하면서 문장을 새롭게 작성하는 능력을 보는 것이 출제 의도이다. [보기글 2]의 a와 b는 글에서 논리의 흐름을 제대로 읽고 설계할 수 있는 능력을 요구하고, c는 그것을 문장으로 풀어내는 능력을 요구하고 있다.

 문장을 구성하는 요소들의 균형

제시문의 c에서 요구하는 것은 <각 문장의 길이>, <각 문장이 담고 있는 정보의 양>, <각 문장이 논리를 지탱하는 힘(역할)>의 균형을 유지하는 것이다. 이를 다시 쓰면, '문장 길이의 균형을 이루는 것, 정보의 양의 균형을 유지하는 것, 논리를 수행하는 힘의 균형을 유지하는 것'이다. 이는 곧, 정보의 양과, 무게와 구성의 균형을 유지하는 것이 소통의 효율을 높이는 길임을 강조하고 있는 것이다. 의미의 이해를 쉽게 함으로써 기억 부담을 줄이고, 구조를 단순화함으로써 오독의 가능성을 줄여서 소통의 효율 높이는 글쓰기의 역량은 <정보의 양과 무게, 그리고 구성의 균형>으로 요약된다.

 군더더기 없는 문장 쓰기

글 A를 살펴보면, '담배의 유해성'이 ㄱ(담배가 나쁘다)과 ㄷ(담배는 몸에 좋지 않으므로)에서 중복되어 나타난다. ㄱ(담배로 인해 시커멓게 된 폐)과 ㄴ(담배를 많이 피우게 되면 폐가 좋지 않아)에서는 '폐를 상하게 하는 담배', ㄴ(담배를 피우지 말라는 것)과 ㄷ(담배를 피워서는 안 된다)에서는 '금연해야 한다'는 내용이 각각 중복되어 사용되고 있다. B와 비교해 보면, A에서 보이는 중복 표현이 갖는 문제점이 더 선명하게 드러난다. 불필요하거나 중복 사용된 군더더기는 문장의 구조를 복잡하게 하고, 문단의 통일성을 훼손하고, 논리의 흐름에 장애로 작용한다.

C(김O무)

ㄱ) 인체박물관에 가 보면 폐가 시꺼멓게 변색된 것을 볼 수
있다.

ㄴ) 그렇게 된 이유는 담배를 너무 많이 피웠기 때문이다!!!

ㄷ) 그러니 담배를 절대 피우지 말자!!!

a 인체박물관에는 사람들의 장기나 신체의 일부를 전시해 놓는
다. 여러 가지 종류의 장기가 전시되어 있으며 그중에는 시
커멓게 변색된 폐도 있다. 이 폐는 사람들에게 전하는 메시
지를 담고 있다. 과연 무엇일까?

b 폐가 변색된 이유는 흡연 때문이다. 담배는 4,000가지 이상
의 수많은 화학물질을 포함하고 있는데 그중에서도 특히 인
체에 유해한 물질은 니코틴, 타르, 일산화탄소 등이다. 이들
은 혈압을 높이고 폐 조직을 마비시키며 원활한 산소공급을
방해한다. 이로 인해 사람은 병에 걸려 죽게 될 수 있다. 또
한 간접흡연으로도 흡연의 효과를 볼 수 있다.

c 담배는 몸에 백해무익 한 것이다. 그리고 금연하는 것만으로
도 폐암에 걸릴 확률을 크게 낮출 수 있다. 자신의 건강을
생각한다면 담배는 피우지 말아야 한다. 그것이 자신의 건강
을 챙기고 가족까지 지킬 수 있는 방법이다.

밀도를 유지하는 문단 쓰기

위에서 a는 정보량의 증가가 전혀 없이 분량만 늘어남으로써
밀도를 떨어뜨리는 역할을 하고 있다. 그리고 a, b, c 간의 정보
량의 불균형을 보이고 있다. ㄱ→a, ㄴ→b, ㄷ→c에서 정보량의
뚜렷한 증가를 보인 것은 ㄴ→b이다. ㄱ→a는 전혀 일어나지 않
았고, ㄷ→c에서 일부 정보가 추가되었다. 정보량의 불균형은 문

단 길이의 균형을 훼손하게 된다(그런 점에서 보면, a에서 '이 폐는' 이하는 사족이다.) 그리고 c는 결론 부분에 해당하므로 앞에서의 논리의 흐름을 수렴하면서 종지부를 찍는 문장으로 마무리하여야 함에도 불구하고, 중언부언함으로써 오히려 논리의 날을 무디게 하고 있다.

♡ 논리의 균형을 유지하는 글쓰기

C는 하나의 문장이 하나의 문단으로 확장하는 과정을 보여 주는 것이다. 이는 다시 하나의 문단이 더 큰 단위로 확장되는 경우에도 동일하게 적용할 수 있는 논리이다. 앞에서 살핀 것에 의하면, <ㄱ-ㄴ-ㄷ>에서 정보의 양과 그것의 무게, 논리 구조가 형성하였던 균형이 <a-b-c>에서 깨어졌음을 보여 주고 있다. 더 큰 단위로 확장하는 과정에서 정보의 양과 무게가 균등하게 증가하지 못한 것에 그 원인이 있다. 정보의 양과 무게의 균형을 유지하지 못하면 논리의 훼손을 초래하게 된다는 것을 보여 주는 사례이다.

[5 - 6]

간결한 문장의 뜻 알기

■ 똘똘이가 수업시간에 장난을 심하게 쳤어요. 공부를 하지 않고 옆에 앉은 친구에게도 방해를 주었기 때문에 선생님께 야단을 맞게 되었습니다.

이혜주 선생님과 금지원 선생님의 말씀을 비교해 봅시다.

이혜주 선생님

> 똘똘아, 너 왜 자꾸 장난을 치니? 너 지난번 시험 성적이 몇 점이었어? 또 복도에서는 왜 그렇게 뛰어다니니? 자꾸 수업시간에 장난칠래? 수업시간에 장난을 치니까 너만 공부를 못하는 것이 아니라 선생님이 수업을 이어나가기 힘이 드는데 다른 아이들도 시끄러워서 공부에 집중을 할 수가 없단다. 선생님도 수업의 흐름이 끊기면 피해를 입고 또 다시 이어나가기 참 힘이 들어. 이렇게 많은 사람에게 피해를 주게 되니까 네 짝도 그렇고 너도 그렇고 선생님도 그렇고 집중이 안 돼서 힘들잖아. 수업시간에 장난치지 마. 알겠지? 너 참, 숙제는 했니?

금지원 선생님

> 똘똘아, 수업시간에 장난을 치면 너만 공부를 못하는 것이 아니라
> 다른 아이들도 시끄러워서 공부에 집중을 할 수가 없단다. 선생님도
> 수업의 흐름이 끊기면 다시 이어나가기 참 힘이 들어. 이렇게 많은
> 사람에게 피해를 주게 되니까 수업시간에 장난은 치지 않는 것이 좋
> 겠다.

앞에서, 어느 선생님 말씀이 이해하기 쉽습니까?

그 까닭은 무엇입니까?

어떤 문장이 간결한 문장입니까?

문장 합치기와 나누기

■ 다음 문장을 합쳐서 간결하게 만들어 봅시다.

성지는 음악을 좋아합니다.

성지는 글쓰기를 좋아합니다.

해솔이는 학교에서 공부를 합니다.

혜정이는 학교에서 공부를 합니다.

아침에 된장국을 먹었습니다.

점심에 국수를 먹었습니다.

여정이는 의자에 털썩 앉았습니다.

여정이는 가쁜 숨을 몰아쉬었습니다.

세령이는 해를 바라보았습니다.

그것은 마치 불타는 공 같았습니다.

■ 다음 문장을 적절하게 나눠서 간결하게 만들어 봅시다.

민영이는 오늘 아침 기분이 좋았는데 민영이는 동그랑땡을
좋아해서 오늘 아침 동그랑땡을 먹었다.

1.
2.
3.

세령이는 동생과 함께 지난 주말에 바다에 놀러갔는데 동생
은 매우 기뻐하였는데 왜냐하면 동생은 바다를 처음 봤기 때
문이다.

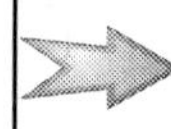

1.
2.
3.
4.

민건이는 시험을 잘 쳤는데 경환이는 공부를 열심히 해서 시
험을 잘 쳤으니까 민건이는 공부를 열심히 했을 것이다.

1.
2.
3.
4.

며칠 전 학교 운동장에 아이들이 모여 있는 것을 보았는데
그곳에는 깨진 유리 조각이 어기저기 흩어져 있었는데 그것
을 아이들이 다칠까봐 염려한 지원이가 주워서 쓰레기통에
버렸디.

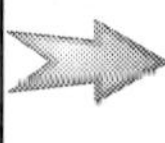

1.
2.
3.
4.
5.

■ 다음은 이혜주 기자가 쓴 신문 기사입니다. 다음을 읽고 물음에 답하세요.

OO교대 (5회)OOOO교육연구소 (4회)OO독서논술 (2회) 커뮤니티는 지난달 3일 OO교대 (5회)3강의동 207호에서 OO교대 (5회)OOOO교육연구소 (4회)OO독서논술 (2회)커뮤니티 2기 개강식을 가졌다. 이날 OO교대 (5회)OOOO교육연구소 (4회)OO독서논술 (2회)개강식에는 나를 포함하여 5, 6학년반 9명, 세령이 동생이 있는 3, 4학년반 3명, 아직 커뮤니티를 낯설어하는 1, 2학년반 4명, 중등반 형 누나 5명이 OO교대 (5회)에서 열린 개강식에 모두 참석하였다.

개강식은 2시간여에 걸쳐 진행되었는데, 전반부에는 인자하게 생기신 OOOO교육연구소 (4회)소장님의 인사말과, 3, 4학년반 선생님, 5, 6학년반 선생님을 포함하는 교수진 소개가 있었고, 후반부의 1시간 동안은 학생들이 글을 잘 쓰는지 못쓰는지 학생들의 글쓰기 능력을 검증하는 진단 평가를 1시간에 걸쳐 실시하였다.

2007년 3월 3일 열린 이날 개강식에 참석한, 장난꾸러기이지만 동글동글하고 귀엽게 생긴 김OO(OO초등5) 어린이는, "1기 때보다 더 열심히 글쓰기 공부를 하고 싶다."는 자신의 소감을 밝혔다.

■ 위 신문 기사에서 군더더기를 찾아 밑줄을 그어 보세요.

■ 위 신문 기사에서 같은 말이 두 번 쓰인 부분을 찾아 밑줄을 그어 보세요.

■ 밑줄 친 부분을 빼고 기사를 간결하게 정리하여 써 봅시다.

- 여러분은 친구가 단체 사진 속에서 X-man을 찾아낼 수 있도록 설명을 해야 합니다. 요건에 맞는 설명을 해 보세요.

- 얼굴 생김새로 설명해 봅시다.

- 키로 설명해 봅시다.

- 옷차림으로 설명해 봅시다.

- 서 있는 위치로 설명해 봅시다.

- 이들 외에 X-man을 설명할 수 있는 항목을 정해 설명해 봅시다.

- 앞의 항목을 이용하여 X-man을 간결하게 설명해 봅시다.

- 위에 쓴 설명 중 더 중요한 것만 가려서 써 봅시다.

- X-man을 한 문장으로 표현해 봅시다.

- 아래 글은 커뮤니티에 참가한 학생이 첫날 쓴 글이다.

<u>초고</u>

OO교대 OOOO교육연구소 OO독서논술 커뮤니티는 지난달 3일 OO교대 3강의동 207호에서 OO교대 OOOO교육연구소 창의독서논술 커뮤니티 2기 개강식을 가졌다. 이 날 OO교대 OOOO교육연구소 OO독서논술 개강식에는 나를 포함하여 5, 6학년반 9명, 세령이 동생이 있는 3, 4학년반 3명, 아직 커뮤니티를 낯설어하는 1, 2학년반 4명, 중등반 형 누나 5명이 OO교대에서 열린 개강식에 모두 참석하였다.

개강식은 2시간여에 걸쳐 진행되었는데, 전반부에는 인자하게 생기신 OOOO교육연구소 소장님의 인사말과, 3, 4학년반 선생님, 5, 6학년반 선생님을 포함하는 교수진 소개가 있었고, 후반부의 1시간 동안은 학생들이 글을 잘 쓰는지 못쓰는지 학생들의 글쓰기 능력을 검증하는 진단 평가를 1시간에 걸쳐 실시하였다.

2007년 3월 3일 열린 이 날 개강식에 참석한 나랑 장난을 많이 치지만 동글동글하고 귀엽게 생긴 OO원(OO초등5) 어린이는, "1기 때보다 더 열심히 글쓰기 공부를 하고 싶다."는 자신의 소감을 밝혔다. 학생들을 따라 와서 개강식을 지켜본 부모님들도 "1기 수업에 참여한 자녀들이 글쓰기에 자신감을 갖게 되었다."며 기대를 나타냈다.

앞의 글에서 구더더기를 빼고 써 봅시다.

수정한 글의 예

OO교대 OOOO교육연구소 OO독서논술 커뮤니티는 지난달 3일 OO교대 1강의동 207호에서 커뮤니티 2기 개강식을 가졌다. 이 날 개강식에는 5, 6학년반 9명, 3, 4학년반 3명, 1, 2학년반 4명, 중등반 5명이 모두 참석하였다.

개강식은 2시간여에 걸쳐 진행되었는데, 전반부에는 OOOO교육연구소 소장님의 인사말과 교수진 소개가 있었고, 후반부의 1시간 동안은 학생들의 글쓰기 능력을 검증하는 진단 평가를 실시하였다.

이날 개강식에 참석한 OO원(OO초등5) 어린이는, "1기 때보다 더 열심히 글쓰기 공부를 하고 싶다."는 소감을 밝혔다. 그리고 부모님들도 "1기 수업에 참여한 자녀들이 글쓰기에 자신감을 갖게 되었다."며 기대를 나타냈다.

요약한 글

OO교대 OOOO교육연구소 OO독서논술 커뮤니티는 지난달 3일 1강의동 207호에서 2기 개강식을 가졌다. 소장님의 인사말과 교수진 소개에 이어 학생들의 글쓰기 능력을 검증하는 진단 평가를 실시하였다.

핵심 내용

OO교대 OO독서논술 커뮤니티 2기 개강

06

비유의 사용

메마름을 적시는 문장 쓰기

[5 – 6]

그 자리에 꼭 맞는 어휘 고르기

- 아래 [　] 속에 들어갈 어휘를 보기상자 A에서 골라 봅시다.

1. 저금통장은 [　　]다.
2. 가족은 [　　]다. 때로는 같이 흔들리기도 하지만 결국엔 나를 쉬게 한다.
3. 약속은 [　　]이다. 어기면 마음에, 일에 체증 발생.
4. 친구는 [　　]이다, 내 속을 다 보여 줄 수 있는.
5. 친구는 [　　]이다. 아주 오랫동안 만나지 않아도 언제나 어제 본 듯, 어색하지 않는 사이.
6. 친구는 [　　]이다. 그 속에 내가 있으니까.
7. 사랑은 [　　]다. 아무리 힘들어도 다시 일어나 백만 스물 하나, 백만 스물 둘…… 삶의 동력이다.
8. 보름달은 [　　]이다. 그 안에 그가 있다.
9. 보름달은 [　　]다. 옥토끼와 계수나무가 있는 곳. 이제 아무도 보름달을 보며 옥토끼를 이야기하지 않는다.
10. 밥상은 [　　]이다. 매일 밥을 같이 먹는 '식구(食口)'라는 말이 담고 있는 뜻만 보아도 그렇다.

- 보기상자 A

1. 가족사랑	7. 일기장
2. 건전지	8. 편안함
3. 그리움	9. 향수
4. 나를 비춰 보는 거울	10. 흔들의자
5. 스페어타이어	
6. 신호등	

글의 맛을 살리는(글을 맛깔나게 하는) 비유하기

- 아래 (가)에 들어갈 것으로 적합한 것을 보기상자 B에서 고르고, 그 이유를
  말해 봅시다.

고구마야
고구마야
군고구마야
_______(가)_______

- 보기상자 B

㉠ 너 참 춥겠다
㉡ 오징어 친구니?
㉢ 군밤과 사귀니?
㉣ 넌 뭐하고 있니?

- 아래 상자 속에 적힌 글을 읽으면서 무엇에게 하고 있는 말인지 떠올려 봅시다. 보기상자 C에서 적절한 것을 골라 보고, 그 이유를 적어 봅시다.

[조O숙] 날씨도 차가운데 조금만 참으렴, 얼마 있지 않아 짝을 만날 수 있을 테니까?
[한O리] 외롭겠구나~ 내가 슈퍼에 가서 하나 사다 줄게. ㅎㅎㅎ
[보쌈본능] "사랑은 돌아오는 거야~"라고 실장님(싯땅님^) 이 말씀 하셨단다. 기다리렴!

- 보기상자 C

㉠ 나무꾼에게 쫓겨 길 잃은 사슴에게
㉡ 1월 11일, '짝 잃은 빼빼로'에게
㉢ 눈 내리는 밤 성냥팔이 소녀에게
㉣ 결승점에 일찍 도착한 거북이에게

■ 아래 〈 〉속에 들어갈 단어는 무엇일까 생각해 봅시다. 그렇게 생각한 것은
  무엇 때문인지 적어 봅니다.

< >에게
오후의 나른함과 함께 찾아오는 너,
모든 할 일을 내팽개치게 하는 너,
이제 그만 좀 와라.

-임O미

< >에게
넌 날 너무 사랑하는 거 같아.
가끔 네 사랑이 너무 부담스러워.
나도 내 시간이 필요해.

-보쌈본능

■ 다음은 일본의 어느 시인이 쓴 〈하이쿠[19]〉라는 시입니다. 이 시를 창작할 때의 시인의 심정이나 상황은 어떤 것일지 생각해 보고, 그 이유를 적어 봅시다.

(가)	(나)
두견새야, 나머지 노래는 저세상에서 들려다오[20]	홍시를 먹으면서 이것도 올해로 마지막이 아닌가 하고 생각했다[21]

(가):

____

____

____

____

(나):

____

____

____

____

---

19) 우리나라의 〈시조〉와 같은 일본의 전통 시 양식으로, 오래전부터 일본에서 쓰였던 한 줄짜리 시다.
20) 류시화(2000:93), 『한 줄도 너무 길다』, 이레.
21) 류시화(2000:80), 『한 줄도 너무 길다』, 이레.

앞의 (가), (나)를 읽을 때 그려지는 느낌을 생각하면서, 각 작품을 쓴 작가에
해당하는 것을 아래 박스에서 고르고, 그것을 고른 이유를 써 봅시다.

㉠ 그 시인은 이 시를 쓴 한 해 뒤 구월에 죽음
㉡ 그 시인은 새벽에 일어나 산책을 즐김
㉢ 그 시인은 예쁜 옷을 입고 춤추기를 좋아함
㉣ 그 시인은 감옥에서 사형을 당하기 전에 이 시를 씀

(가) 시를 쓴 시인:

(나) 시를 쓴 시인:

다섯 가지 감각이 살아있는 문장 쓰기

■ 아래 박스 속에서 말하고 있는 이는 누구인지 맞춰 봅시다. 그리고 스스로 대상을 정해서 오감(다섯 감각)이 잘 드러나도록 표현해 봅니다.

What Am I?
A cloud is mother.
The wind is my father.
My son is the stream.*
My daughter is the fruit of the land.
A rainbow is my bed.
The earth** is my final resting place.
What am I?
*시내, 개울, **육지, 대지

What Am I?

[눈으로 보는 듯]

[귀기울이면 들리게]

[만져지는 듯]

[맛깔스럽게]

[향기롭게]

소통을 위한 근거 들어 주장하기

[5 - 6]

타당한 근거가 설득력 있는 주장

- 자신의 생각대로 되는 길은 상대방이 내 생각에 동의하는 것입니다. 아래의
  주장을 뒷받침하는 근거를 들어 봅시다.

[올해는 용돈을 올려 주세요.]

①
②
③

[주말에는 게임을 하게 해 주세요.]

①
②
③

[부모님은 자식에게 사랑을 듬뿍 주어야 합니다.]

①
②
③

■ 다음의 글을 읽고, 물음에 대한 답이 무엇인지 생각해 보고, 나의 주장이 받아들여지기 위해서는 어떤 근거를 들어야 할 지 생각해 봅시다.

　　'이철수, 송영희, 최한보, 박두순, 한명랑, 홍쾌활'은 대구초등학교 5학년 3반 2조이다. 2조가 이번 주에 맡은 일은 운동장 앞 화단을 청소하는 것이다. 월요일과 화요일에 여섯 명이 청소를 하였다. 이틀을 청소한 뒤에 철수가 "청소 구역이 넓지도 않고, 매일 청소할 것이 별로 없으니까 하루에 두 명씩 당번을 정해서 하면 좋을 것 같다."는 제안을 했다. 철수의 제안에 여섯 친구가 모두 찬성하였고, 수요일에는 철수와 영희, 목요일에는 한보와 두순이, 금요일에는 명랑이와 쾌활이가 청소를 하고 나머지는 일찍 집으로 가기로 약속하였다.
　　금요일은 <마음이> 영화를 개봉하는 날이었다. 명랑이와 쾌활이는 그 영화를 꼭 보고 싶었다. 같이 극장에 가기로 약속을 했는데 약간 문제가 생겼다. 청소를 마치고 가면 영화 시작 시간에 늦을 것 같았다. 영화를 본 뒤에는 학원을 가야하기 때문에 저녁에 하는 영화를 보면 학원을 갈 수 없었다. 그래서 철수와 한보에게 청소를 부탁했지만 모두 약속이 있었다. 할 수 없이 명랑이와 쾌활이는 청소를 하지 않고 영화관으로 갔다. 영화를 보면서도 청소를 하지 않고 온 것에 마음이 쓰였다.
　　금요일 오후에 5학년 3반 청소 구역을 둘러본 담임선생님은 2조가 맡은 화단에 휴지도 떨어져 있고, 정리가 되어 있지 않은 것을 발견하였다. 5학년 3반에서는 청소를 제대로 하지 않으면 그 벌로 화장실 청소를 하기로 약속이 되어 있었다. 화장실 청소를 해야 할 사람은 누구일까? 그 이유는 무엇일까?

■ 화장실 청소 해야 할 사람은?

① 여섯 명 모두   ⑤ 철수
② 명랑이와 쾌활이
③ 명랑, 쾌활, 철수, 한보
④ 철수, 한보

- 그 이유는?

- 앞의 글을 세 문장으로 요약하면 어떻게 할 수 있을까?

①
②
③

- 내가 선생님이라면 누구에게 화장실 청소를 시키고, 그 이유를 어떻게 설명
  할까?

■ 아래 글을 읽고 자신의 생각을 정리해 봅시다.

자영업을 하는 박 모 씨는 거래처 사람과 점심을 하기 위해 사무실 근처 식당에 들렀다가 구두를 잃어버렸다. 식당 주인은 "다른 손님이 실수로 바꿔 신고 갔을지 모르니 하루만 기다려 보자."고 했다. 박 씨는 하는 수 없이 슬리퍼를 신고 사무실로 돌아왔다. 며칠이 지나도 식당에서 연락이 없자 박 씨는 그날 신었던 구두를 살 때 받아 두었던 17만 원짜리 영수증을 들고 식당을 찾아갔다.

그러나 주인은 안면을 싹 바꿔 "이 영수증이 그때 잃어버린 신발이라는 증거가 없다. 신발을 잃어버리기 쉽다는 안내문도 붙여 놓았고, 신발을 담을 비닐봉투도 미리 준비했는데 그냥 신발장에 넣은 손님의 책임도 일부 있다."며 5만 원만 주겠다고 버텼다. 대학생 이 모 씨는 친구들과 삼겹살을 먹으러 갔다가 운동화를 분실했다. 식당 주인은 이 씨가 자기 가게에서 운동화를 잃어버린 사실은 인정하면서도 보상을 거부했다.

식당 주인들은 분실사고에 대한 책임을 회피하기 위해 '신발 분실 때 책임지지 않는다.'는 안내문을 게시하기도 한다. 이럴 때 소비자는 식당 주인에게 보상받을 수 있을까.[22]

■ 식당 주인이 보상해야 한다면, 그 이유는 무엇이고, 얼마를 보상해야 할까?

■ 식당 주인은 보상할 필요가 없다면, 그 이유는 무엇일까?

22) 중앙일보 20070209 E13

- 나는 내 짝을 좋아한다. 이번 주말은 내 짝의 생일파티를 하는 날이다. 나는 짝이랑 친하게 지내고 싶어서 선물을 준비했지만, 짝꿍이 나를 초대하지 않았다. 아래 질문에 대해 자신의 의견과 그 이유를 적어 봅시다.

- 초대받지 못했지만, 파티장에 가서 축하해 주는 것이 좋을까?

- 초대도 받지 못했으니까 파티장엔 갈 필요가 없는 것일까?

- 제목

- 중심문장

①
②
③

| | | | | | | | | | | | | | | | | | 600 |

■ 지도 내용

사실과 의견
자기 글의 개성과 책임

♡ 사실과 의견

신문에 나는 뉴스는 사실을 알리는 역할을 주로 한다. 신문의 칼럼 박스에 실리는 글은 사회에서 일어나는 사실에 대해서 자신의 의견을 밝히는 것이다. 자이툰 부대에서 폭탄테러 사건이 발생했다(이것은 사실이다.) 이것을 신문에 보도 기사로 실으면, 그것은 <사실>을 기술하는 것이다. 그 사건을 계기로 젊은이의 죽음을 애도하는 글을 싣거나 파병 반대 입장을 표명하면 그것은 <의견>을 기술하는 것이다. 신문의 독자가 애도의 글을 읽고 그 내용을 인용하여 새로운 글을 쓴다면, 신문에 실렸넌 애도의 글은 <사실>이 된다. 의견은 나시 인용되게 되면 애초에 의견이었던 것은 인용자에게는 (2차적) <사실>이 된다.

♡ 나의 말과 남의 말

지적 재산권이란 말이 보편화되었다. 로열티라는 말도 일상적인 용어가 되었다. 삼성전자에서 첨단 기술을 이용해 휴대 전화

기를 만든다. 이 기계를 생산하는 과정에서 외부의 기술을 가져
다 쓰게 되면, 원천 기술을 제공한 회사에 기술 사용료를 낸다.
브랜드를 빌려 쓰게 되면 브랜드 사용료를 내는데, 이것도 상식
이 되었다. 가끔 신문에는 유명회사의 상표를 도용한 회사 대표
의 <사과문>이 실린다. 그 주된 내용은, 주인의 허락 없이 무단
으로 상표를 사용함으로써 부당한 이득을 보았고, 이는 결과적으
로 원 주인에게 피해를 끼친 것이므로, 법에 따라 보상하겠다는
내용이다.

 표절의 유혹과 함정

글을 쓰는 과정에서 남의 글을 그대로 쓰게 되면 그것은 표절
이 된다. 그 글이 실린 출판물의 저자와 출처를 정확히 밝혀서,
이 부분의 생각이 글을 쓰고 있는 나의 독창적인 아이디어가 아
니라 그 <원천>을 제공한 사람이 있음을 독자가 인지할 수 있
어야 한다. 원칙적으로는 출판된 글뿐만 아니라 토론 시간에 논
의되었던 내용도 자기 말이 아니라면, 아이디어를 제공한 사람을
밝혀야 표절의 법망에서 벗어날 수 있다. 근래 신문에서 보도하
는 내용을 보면, 한국 유학생들이 시간에 쫓겨서 혹은 무심코 남
의 글을 베껴서 제출한 리포트의 표절 사실이 발각되어 해당 과
목을 낙제 하거나 심지어 퇴학을 당하는 경우도 있다고 한다. 10
쪽의 보고서 내용 중 단 두 줄 때문에 퇴학을 당할 수 있다는
사실에 대해서 우리는 너무 둔감하다.

위 인용문은 글을 쓸 때는 읽는 이를 지루하게 하지 말아야 한다고 강조하고 있다. 이 과정에서 만약 위의 글을 읽은 사람이 자신의 글을 쓰는 과정에서 특정 부분을 <글을 쓸 때의 글쓰기의 첫째 규칙은 읽는 사람을 지루하게 하지 말라는 것이다. 그리고 글쓰기의 두 번째 규칙도 읽는 사람을 지루하게 하지 말라는 것이다. 그리고 글쓰기의 셋째 규칙은, "읽는 사람을 지겹게 하지 마라."이다. 이제 누구든 넷째 규칙쯤은 짐작할 수 있을 것이다.>라고 쓴다면, 그것은 데릭 젠슨의 생각을 도용한 것이고(김구 선생의 이야기를 떠올릴 사람도 많을 것이다.), 도서출판 삼인의 재산권을 침해힌 깃이므로, 글을 발표하는 시점은 범법행위를 하는 순간이 된다.

글을 쓸 때 우리는 독자의 존재를 늘 존중하고 그 입장을 배려해야 한다. "넌 날 털었어. 내 지갑을 훔친 것처럼 분명히. 넌 말을 들이대고 날 털어서는, 내 삶의 한순간을 훔쳐갔어. 네가 무대에 선 모든 시간에 아니면 다른 사람더러 읽으라고 무언가를 쓰는 모든 시간에, 얘길 듣는 모든 사람들은, 네 글을 읽는 모든 사람들은 다른 데서 쓸 수도 있는 값진 시간을 너한테 주고 있는 거야. 넌 그 사람들이 네게 주는 일분일초에 책임이 있어. 넌 그 사람들에게 그 모든 순간에 맞먹는 선물을 — 네가 진실이라고 이해하는 그 진실을 함께 담아서 — 줘야 되는 거야."[23] 다른 선택을 할 수 있는 시간에 그 모든 가능성을 포기하고 내 글을 선택한 독자를 실망시키지 않아야 한다는 생각을 갖는 것이 무엇보다 중요하다.

(이어서 써 보자.)

보기글 1

몇 년 전에 여행 경험이 많은 기타리스트와 긴 대화를 나누었다. 그 사람 말로는 60년대로까지 거슬러 올라가도, 누구 못지않게 연주를 잘했다고 한다. 그는 카를로스 산타나에서 랜디 캘리포니아, 지미 헨드릭스, 지미 페이지까지 온갖 사람과 무대에 함께 섰단다. 그러나 <u>그에게 가장 많은 걸 가르쳐 준 기타리스트는</u> 그가 풋내기일 때 만났던 한 나이든 블루스 연주자였다고 한다. 어떻게 연주하는지 가르쳐 달라고 부탁했더니 이렇게 대답해 주

---

23) 데릭 젠슨, 김정훈 옮김(2006:31), 『네 멋대로 써라』, 삼인.

었다고 한다.

"난 자네에게 내가 알고 있는 모든 걸 15분 만에 가르쳐 줄 수
가 있네. 그러면 자네가 해야 할 건 집에 돌아가서 15년 동안 연
습하는 거야."

글쓰기도, 높이뛰기도 그리고 삶도 ⓐ그와 마찬가지라는 건 정
말이지 내게 분명한 사실이다.

- 데릭 젠슨, 김정훈 옮김(2006:22), 『네 멋대로 써라』, 삼인.

1. 밑줄 친 ⓐ가 말하는 것은 무엇인가?

   기타를 잘 치는 길은,

2. 내가 자신 있게 할 수 있는 일은 어떤 것인지에 대해서 아래에 써 봅시다.
① 내가 무엇을 잘하는지 생각해 봅니다.
② 그리고 나는 어떻게 해서 그것을 잘할 수 있게 되었는지 생각해 봅니다.
③ 친구들이나 동생에게 "무엇을 잘하기 위해서는 어떻게 해야 하는지" 자
   기 생각을 정리해서 글로 써 봅니다.

보기글 2

㉠글쓰기 학습 역시 이론의 영역이 아니다. 수없이 반복되는 연습만이 글을 잘 쓸 수 있게 한다. 그리고 거기에 요령을 조금 덧붙이면 숙련 시간이 단축된다. 글쓰기는 '헤파이스토스'(노동의 신)의 영역이며, '뮤즈'(예술의 신)의 영역이 아니다.
글쓰기 책이 가르쳐 줄 수 있는 것은 단지 여러분의 숙련시간을 단축시키는 요령이라는 것을 이해하라! ㉡이 책은 여러분에게 글쓰기 비법을 가르쳐 주지 않는다. 그러나 여러분의 노고에 도움은 줄 수 있다.

- 정희모 · 이재성(2006:21), 『글쓰기의 전략』, 들녘.

1. 앞에서 밑줄 친 ㉠이 말하는 것은?
글쓰기를 잘하는 길은,

----

2. 밑줄 친 ㉡을 다르게 표현하면?
이 수업에서 우리는,

----

3. 내가 글을 잘 쓰는 사람이 되기 위해서 어떻게 하면 좋을지 다음 장에 써

봅니다.

나의 하루 일과에서 시간 활용을 어떻게 하면 좋을지, 습관을 어떻게 바꾸면 좋을지, 지금까지 하지 않았지만 새롭게 할 수 있는 것은 어떤 것이 있을지 생각해 봅니다.
그리고 글쓰기를 잘하면 어떤 점이 좋을지, 글쓰기 잘하는 사람이 되면 어떤 일을 더 잘할 수 있을지, 글을 잘 쓰는 능력을 발휘하면 어떤 사람을 어떤 방법으로 도울 수 있는지도 생각해 봅니다.

:: 패러다임 논제와 학생들의 글

패러다임24) 논제

> 과학혁명은 패러다임이 바뀌는 과정이다. 그 과정을 진화나 발전처럼 연속적인 용어가 아닌 '혁명'이라는 말로 부르는 이유는 과거의 패러다임에서 발견되고 해석된 이론들이 새 패러다임에서는 근본적으로 변화되기 때문이다.
>
> 만유인력의 법칙으로 유명한 뉴턴의 천문학은 프톨레마이오스의 천동설을 발전시키는 과정에서 '자연스럽게' 나온 것이 아니었다. 양자는 뿌리에서부터 서로 달랐다. 프톨레마이오스는 눈에 보이는 천체의 운동이라는 현상을 가지고 천동설을 구성했지만, 뉴턴은 운동이라는 현상이 아니라 그 현상의 원인을 문제 삼았다. 뉴턴은 행성계에서 운동의 현상보다 그 원인, 즉 운동을 일으킨 힘이 중요하다고 보았다. 눈으로 보기에는 태양이 지구를 도는 것 같지만, 눈에 보이지 않는 힘을 중심으로 고찰하면 지구는 지구보다 33만 배나 무거운 태양 주위를 돌고 있다. 이처럼 뉴턴 역학은 천동설을 계승한 것이 아니라 관점 자체를 (현상에서 원인으로) 바꿈으로써, 즉 패러다임 자체를 전환함으로써 천문학의 새로운 패러다임을 제시했다.

---

24) 남경태(2006:402 – 3), 『개념어 사전』, 도서출판 들녘

　　패러다임이 바뀌고 나면 마치 기다리기라도 했다는 듯이 새로운 패러다임에 토대를 둔 새로운 발견이 홍수처럼 쏟아진다. 천왕성은 이미 17세기 말부터 천문학자들에 의해 무수히 관찰되었으나 한동안 수수께끼의 별이라고 여겨졌다. 18세기 말에 허셜이 그것을 행성이라고 규정하자 패러다임이 바뀌었고, 그 뒤 수십 년 동안에 천문학자들은 수많은 소행성들을 발견했다.

논제

새로운 패러다임이 적용된 사례를 들고, 그것이 우리의 생활에 어떤 영향을 끼쳤는지 구체적인 예를 들어 기술하시오.(1,000자)

[안○린] 패러다임[25]

　　패러다임은 정상과학을 통해 새로운 패러다임과 낡은 패러다임이 대립하다 낡은 패러다임이 이론적 권위를 상실하게 된다. 패러다임은 생활 속에서도 찾아볼 수 있다. 그중 하나가 가족법이다. 일반적으로 민법 제4편 친족법과 제5편 상속법을 통칭하여 가족법이라 부른다. 1977년 12월 혼인법·친자법·상속법 등에서 몇 개의 조문이 부분적으로 개정이 이루어졌으며, 1989년 12월 비로소 대폭적인 개정이 단행되었으나, 가족법의 근간이 되었던 호주제도와 동성동본불혼제도는 존치되었다.

　　원래 한국의 가족법은 가장인 남성에 의해 가족이라는 작은 사회가 운영되는 가부장제 가족제도의 원리에 근거하고 있었기 때문에 여성들이 인권을 침해받고, 차별받는 등 개인의 존엄과

---

25) 학생글의 출처는 다음과 같다. http://cafe.daum.net/lerccommunity/JAOF/83

양성평등의 원칙에 위배되는 규정들이 많았다. 그중에서도 남자를 중심으로 가족을 구성하고, 호주를 통해 가계를 계승하는 제도인 호주제로 인해 여성들에 대한 차별이 심해졌다.

이렇게 여성을 예속적인 존재로 규정하고 성차별을 발생시키는 호주제가 다음 해 1월 1일에 폐지된다. 남자만 중시하던 낡은 패러다임과 남녀 양성 모두가 중요하다는 새로운 패러다임이 서로 대립하다 결국 낡은 패러다임이 권위를 상실하게 된 것이다. 낡은 패러다임이 권위를 상실하게 됨으로써 가부장적 권위주의 가족문화, 평등적 가족문화로 변화, 가족의 범위 확대·양성평등 규정, 가정과 직장에서의 여성 지위 향상 등 큰 변화를 가져왔다.

패러다임은 과학뿐만 아니라 사회, 정치, 경제, 문화 등 모든 분야에 적용된다. 그리고 정상과학과 과학혁명을 통해 한 시대를 지배하던 패러다임이 사라지고, 경쟁관계에 있던 새로운 패러다임이 전의 패러다임대신으로 자리를 잡게 된다. 위의 가족법과 호주제 또한 옛날 유교적 사상의 패러다임이 사라지고 새로운 생각의 패러다임이 지금의 결과를 낳게 된 것이다. 하나의 패러다임이 영원히 지속될 수는 없고, 항상 생성·발전·쇠퇴·대체되는 과정을 되풀이한다. 아마 끊임없이 새로운 패러다임이 생기고 없어지는 것을 반복할 것이다.

[이O영] 새로운 패러다임을 적용한다면

새로운 패러다임이 적용됨으로써 생각지 못했던 결과가 나온다. 이것을 우리는 흔히 '혁명'이라고 한다. 현재 우리가 배우고 있는 과학 지식들, 우리들의 삶이 바로 그 산물이다. 대표적인 예로는 천문학이라 할 수 있다. 지구에서는 지구 밖의 우주에 대해 전혀 알 길이 없었기에 편견이나 틀도 자연히 많아지게 되었다. 천동설의 틀을 깨고 지동설을 주장하고, 천왕성을 수수께끼의 별이라는 틀을 깨고 행성이라 주장해 천문학은 크나큰 발전을 할 수 있었다.

패러다임에 대해 알아보았으니 이제는 실제로 생각해 보자. 내년 우리나라에는 새로운 패러다임을 적용할 예정이다. 바로 미국에서도 실시하고 있는 배심원제도. 이것은 재판을 바라보는 틀이 깨진, 일종의 패러다임이라고 볼 수 있다. 이 제도가 적용되면 우리는 과거처럼 혁명을 볼 수 있을까? 비공식으로 이루어지는 재판도 많은 우리나라에 이 제도가 과연 어떤 결과를 가져오게 될까?

필자는 적어도 사회 속에서 일어나는 다양한 문제를 바라보는 시각이 달라질 것이라고 생각한다. 배심원 제도는 재판에 관련된 이와 전혀 관계없는 사람을 시민들 중에 무작위로 선정해 재판에 참여시키는 것이다. 즉 시민들의 눈으로 봄으로써 더 객관적으로 판단을 내릴 수가 있다. 이 제도가 우리 사회에서 정착된다면 그 영향으로 사람들은 모든 문제들을 볼 때, 객관적으로 볼 수 있는 태도로 바뀌지 않을까. 그리고 약 5천만 명의 사람들의 태도가 바뀐다는 것을 하나의 혁명으로 볼 수 있지 않을까.

혁명의 결과는 다양하게 나올 수 있다. 하지만 그 다양한 결과들 중 공통점이 있다면 바로 우리의 삶을 더욱 윤택하게 할 수 있다는 것이다. 지식으로서, 기술로서, 감정으로서 인간에게 큰 도움을 줄 수 있다. 그리고 사회에서만이 아니라 인간의 마음에서 틀을 깨고 새로운 패러다임을 적용하여 혁명을 일으킨다면 사회가 변하는 대혁명이 일어날 것이다. 혁명이란 틀을 깨고 새롭게 태어나는 신비롭고도 대단한 것이다.

[박O수] 21세기의 새로운 디지털 패러다임 – 윈도우

패러다임은 하나의 '혁명'이다. 차차 변하는 것이 아니라, 아예 근본적으로 이론들이 바뀌기 때문이다. 우리 생활에도 이런 패러다임은 많다. 컴퓨터가 가장 그 대표적인 예이다. 컴퓨터가 보급화되면서 우리의 생활은 컴퓨터로 인해 송두리째 바뀌었다. 이제 우리는, 컴퓨터가 없는 세상은 꿈도 꿀 수 없게 되었다. 컴퓨터를 각 가정에 하나 꼴로 보급화시킨 것은 바로 윈도우(Windows™)라는 운영체제(OS)다.

윈도우는 마이크로소프트(Microsoft™)라는 회사에서 개발한 운영체제다. 윈도우가 나오기 전의 컴퓨터들은 특정한 명령어가 있었다. 사용자는 이 특정한 명령어를 입력해야만 컴퓨터로 작업을 처리할 수 있었다. 때문에 사용자들은 이 복잡한 명령어를 외울 수밖에 없었다. 하지만 윈도우는 명령어를 입력하지 않아도 되는 GUI 방식을 선택했다. GUI(Graphic User Interface)는 컴퓨터 화면에 숫자나 글자 대신, 단어나 그림, 아이콘 등을 사용한다. 따라서 윈도우는 사용자들이 좀 더 컴퓨터를 친숙하게 사용할 수

있도록 만들어졌다.

마우스도 윈도우의 뒷받침 역할을 하였다. 마우스가 나오기 전에는 타자기식의 자판이 마우스를 대신했다. 그래서 일일이 글자나 숫자를 입력해 선택을 했다. 그러나 GUI 방식의 윈도우가 나옴으로써 마우스라는 개념이 도입되었다. 사용자들은 마우스를 이리저리 옮기면서 아이콘을 선택해 실행함으로써 타자기식 자판으로 일을 할 때보다 더 간편하게 작업을 할 수 있게 되었다.

현재 매킨토시나 리눅스에서도 윈도우의 GUI 방식을 채택해 사용하고 있다. 하지만 윈도우는 이미 GUI 방식을 사용하고 있으므로, GUI 방식을 더욱 사용자 중심에 맞추어 발전시키고 새롭게 떠오르는 사용자 정보 노출 문제를 막기 위해서 보안을 강화하고 있다. 이번에 새롭게 나온 Windows Vista™에서는 보안을 강화하여 SP2에 있던 기능과 함께, 프로그램 차단 기능도 갖고 있다. 게다가 화려하고 사용자 중심인 인터페이스로 각광받고 있다. 윈도우는 계속해서 시대에 걸맞게 발전할 것이다.

::강평

1. 문단쓰기의 틀은 우수하다.

세 글 모두 형식문단 쓰기는 적절하게 잘 되어 있다. 정보의 묶음으로 글을 구성하는 것, 그 묶음의 크기가 일정하게 유지되는 것은 수준급에 도달하였다. 아직 묶음을 구성하는 정보의 내용이 균등하지 않다는 점(한 묶음으로 구성하기에 순도가 떨어지는 경우가 발견됨)이나 묶음들 간의 흐름이 자연스럽지 못한 점(논리의 흐름이 자연스럽지 못함 혹은 논리의 전개가 치밀하지 못함)이 보완되어야겠다.

2. 제목 달기는 미숙하거나 부적절하다.

21세기의 새로운 디지털 패러다임 – 윈도우; 윈도우는 PC라고 불리는 퍼스널 컴퓨터의 구동프로그램이다(엄밀히 말하면 마이크로소프트사 제품 이름이다.). 이것이 그래픽 유저 인터페이스(GUI)를 채택하고 있지만, GUI두 매킨토시 OS에시 민저 시작하였다. 인도우는 OS의 새로운 패러다임이 될 수는 있겠지만, 21세기 디시털의 새로운 패러다임이라고 하기에는 비약이 심하다.

패러다임; 제목이 될 수 없다.
새로운 패러다임을 적용한다면; 내용과 동떨어진 제목이다.

3. 생각하는 것을 정확히 표현하는 능력이 부족하다.

우리 생활에도 이런 패러다임은 많다. <u>컴퓨터가 가장 그 대표적인 예이다.</u> 컴퓨터가 보급화되면서 우리의 생활은 컴퓨터로 인해 송두리째 바뀌었다.; OS 이야기를 주제로 하면서 <컴퓨터>라고 말하고 있다. <디지털> <컴퓨터> <OS> <윈도우> <GUI> 등은 모두 긴밀하게 연결된 개념이나 용어이긴 하지만, 각각의 의미 층위가 전혀 다르므로, 이들을 필요에 따라 대충 섞어서 써서는 안 된다.

아래 내용도 세 글 모두에 두루 적용되는 것이지만, 한 항목을 설명하는 데 하나의 글을 대상으로 하기로 한다.

4. 주장의 핵심이 드러나야 한다.

박O수의 글은 <컴퓨터의 출현>, <PC(퍼스널 컴퓨터)의 보급>, <오퍼레이팅 시스템(OS)의 종류/변화>, <그래픽 유저 인터페이스(GUI)의 특징>, <사용자 중심 인터페이스의 강화>, <윈도우의 진화> 등에 관해서 기술되어 있고, 이들이 <패러다임>의 변화와 관련하여 어떤 좌표에 위치하며, 어떤 특징을 보이고 있는지, 변화의 양상이 어떠한지 등에 대해서 핵심이 부각되지 않고 있다. 특정 주제와 <관련>있는 정보를 <배열>하는 것으로 글이 완성되지 않는다. 그것을 꿰는 <논리>가 글의 뼈대를 구성하고 있어야 한다. 핵심적으로 주장하고 있는 바가 무엇인지 구체적으로 드러나고, 이를 부각시키고 강조하는 쪽으로 논리가 전개되고, 결론으로 수렴되어야 한다.

5. 논의의 대상이 구체적이어 한다.

<새로운 패러다임>으로 전개되는 이○영의 글에서, 패러다임의 개념과 관련하여 <과학 지식>, <우리의 삶>, <천문학> 등을 동원하고, 우리나라의 새로운 패러다임의 예로 <배심원 제도>를 논의의 대상으로 끌어와서, 이러한 패러다임의 변화는 <혁명>이며, 이것은 <신비롭고>, <대단한> 것이라고 결론짓고 있다. 글 전체에서 보면, 배심원제도가 논의의 중심에 있어야 할 것으로 기대되는데, 실제 글의 흐름에서는 논의의 대상이 분산되고 있다. 논의 대상의 구체성이 결여되어 있으므로, 논리적 흐름이 하나의 맥으로 수렴될 수 없다. 그런 이유로, 결론 부분에서 <패러다임>도, <배심원 제도>도 아닌 <혁명>이 논의의 대상이 되고, 이것은 <신비롭고> <대단한> 것이라는, 비약으로 그간의 논리 전개를 자폭하고 있다.

6. 내가 잘 아는 것을 써야 한다.

일반적으로 민법 제4편 친족법과 제5편 상속법을 통칭하여 가족법이라 부른다. 1977년 12월 혼인법·친자법·상속법 등에서 몇 개의 조문이 부분적으로 개정이 이루어졌으며, 1989년 12월 비로소 대폭적인 개정이 단행되었으나, 가족법의 근간이 되었던 호주제도와 동성동본불혼제도는 **존치**되었다.; 안○린의 글에서 여기에 인용된 글은 글 쓴 사람의 말이 아니다. 이 부분뿐만 아니

라 곳곳에 <자기 말>이 아닌, <글 쓴 사람의 문법>이 아닌 구절이 드러나고 있다. 내용의 골격은 "호주제로 대표되는 남녀 차별 혹은 불평등의 문제가 <가족법> 개정으로 이어졌고, 이는 새로운 패러다임의 예가 되는데, 이런 예처럼 새로운 패러다임은 <아마> 끊임없이 생성과 소멸을 반복한다."이다. 글 쓴 사람이 많은 시간 고민을 거듭했음을(소위 혹독한 산고를 겪은 끝에 완성된 글임을) 짐작게 하는 글이다. 그러나 이 글에는 안혜린의 냄새가 나지 않는다. 세 번째 단락(문단)에서는 호주제 때문에 필요 이상의 불편을 겪는 재혼가정의 사례나 호주제의 여성 차별적인 법규 때문에 고통받은 구체적인 사례를 제시하는 것이 더 설득력을 얻을 수 있고, 글쓴이의 주장이 더 피부에 와 닿을 수 있다.

7. 생각하고 관찰해야 길이 열린다.

우리 생활 속에서 패러다임의 변화는 곳곳에 있다. 생각을 해 보면, 매일 접하는 것에서도 우리는 그것을 발견할 수 있다. <휴대전화>의 출현과 이것의 보편화는 퍼스널 컴퓨터의 출현만큼이나 우리 생활의 통신 패러다임을 변화시켰다. 좁게 보면 <문자메시지>가 가져온 커뮤니케이션 패러다임의 변화도 결코 적은 것이 아니다. 축음기 - 오디오 - 휴대용카세트 - CD플레이어 - MP3로 이어지는 변화, 노래방이 가져온 변화, 찜질방에 기인한 목욕 - 건강 - 친목 - 숙박의 변화, 편의점이 가져온 생활 패턴의 변화, 할인점이 몰고 온 유통의 변화, 케이블 TV, DMB 등이 가져온 변화, 택배가 가져온 유통과 생활의 변화, 옥션, 다음 카페, 이메일, 싸이 미니홈피 등도 패러다임 변화의 좋은 소재이면서 여러분이 더 잘 쓸 수 있는 분야이기도 하다. IT와 관련해서 보더라도 열거할 수 없이 많은 소재들이 있다.

A.

매끄럽게 진행되는 문장이 이 글의 장점이다. 문단(단락)에 대한 개념도 갖고 있는 것으로 보아 자기 글을 쓸 수 있는 바탕이 된 학생으로 판단된다. 첫 문단에서 "사회적 권위가 개인의 자유를 제한하기 위해서는 정당성이 있어야 한다."라는 전제에서 출발하여, 둘째 문단에서 그 논거를 구체적으로 진술하는 구도는 논증적 글쓰기에서 보편적으로 취하는 방법 중에 하나이다. 논증적 글쓰기에 대한 연습이 되어 있음을 보여 주는 대목이다.

이런 장점에 몇 가지만 보완된다면 한층 완성도 높은 글을 쓸 수 있을 것으로 믿어진다. 우선, 다른 사람의 의견을 내 글 속에 빌려 올 때에는 출처를 밝히는 것이 중요한 덕목이다. 첫 문단에서 <자유론>의 내용을 진술하는 부분에서 "J. S. 밀에 의하면" 등을 밝혀 주는 것이 좋다. 정당성의 항목으로 '동의, 신뢰, 토론, 개별성/사회성' 등을 제시하고 있는데, 이것이 수렴되지 못하고 '나열'에 그친 점이 결론을 약화시키는 약점으로 작용하고 있다.

B.

읽기 글감으로 주어진 텍스트에 대한 이해를 비교적 충실히 하고 있는 글이다. 자기 생각을 매끄러운 문장으로 풀어 갈 수 있는 점도 글쓴이의 장점이다. 그러나 '자유의 제한'이 '권위의 정당성'과 균형을 이루어야 한다는 결론은, 개인의 자유를 제한하기 위해서 사회적 권위가 어떤 정당성을 확보해야 하느냐는 문제에 대한 해답이 되기에는 부족하다. 주어진 문제와 동어반복의 틀을 크게 벗어나지 못한 점이 이 글의 가치를 약화시키고 있다.

원고지 쓰기에서 온점(.)이나 반점(,) 혹은 따옴표("" / ' ') 뒤에는 띄어 쓰지 않는다. 이들은 원고지의 반 칸을 차지하기 때문이다. 이 글은 ㉮부터 시작해도 된다. 도입 부분이 필요 이상으로 길면 글의 첫 부분이 갖춰야 할 매력을 잃게 된다. 그리고 ㉯ 이하는 새로운 문단으로 독립하는 것이 좋겠다. ⓐ는 군더더기이다. ⓑ도 생략해도 무방한 내용이다. 짧은 글을 쓸 때는 구체적인 정보량의 증가가 없는 이런 표현은 군더더기이다.

C.

단락을 적절히 나누어서 쓸 수 있는 것은 글쓰기에서 대단히 중요한 덕목이다. 이 글의 큰 장점 중에 하나는 단락의 균질성이다. 생각 묶음을 적절한 크기로 배열하는 것은 독자와의 의사소통의 효율을 높이는 데 큰 장점으로 작용한다. '사유에 따르는 책임을 다할 때 개인의 자유와 사회적 권위가 공존할 수 있다.'는 결론은 문제에 대한 해답을 비켜하고 있다. 논제에 부합하는 글쓰기를 염두에 두어야 글의 가치를 훼손하지 않는다.

띄어쓰기나 표기법 오류가 잦으면, 글 전체의 신뢰도를 떨어뜨리게 된다. 본문에서 ⓐ와 ⓑ, ⓒ는 각각 '주장한다.', '있다.' 등으로 표현하는 것이 좋다. 군더더기 표현은 삼가는 것이 중요하다. ㉮, ㉯처럼 책이나 작품의 제목은 『자유론』, 또는 <당신들의 천국> 등으로 표기하는 것도 요령이다. 온점(.)이나 반점(,)은 원고지 반 칸을 차지하므로, 이들 뒤에는 띄어 쓰지 않는다. 물음표(?)나 느낌표(!)는 원고지 한 칸이므로, 이들 뒤에서는 띄어 쓴다.

D.

자신의 의견을 풀어 가는 능력이 돋보이는 글이다. 단락을 절절히 나누어서 주장을 펼치는 방법을 터득한 것은 글쓰기의 기초가 탄탄하다는 것을 의미한다. 밀도 있는 전개에도 불구하고, ㉮가 이 글의 마무리로 어울린다. '구성원 스스로의 권위'와 '구성원의 동의'라는, 사회적 권위가 가져야 할 핵심 가치가 여기에 표현되어 있다. ㉯와 ㉰는 새로운 정보가 없는, 분량을 채우는 군더더기의 인상을 주면서 글 전체의 균형마저 무너뜨리고 있다.

원고지의 첫 칸을 들여 쓰는 경우는 '새로운 문단이 시작될 때'에 한정된다. 이 원칙을 적용하면, ⓐ와 ⓑ 부분은 첫 칸을 들여 쓰면 안 된다. 원고지 쓰기에서 숫자(1, 2)나 영문자(a, b) 그리고 문장 부호 중에서 마침표로 통용되는 온점(.)과 쉼표로 사용되는 반점(,), 따옴표("") 등은 반 칸을 차지한다. 그래서 원고지 쓰기에서 이들 뒤 칸은 띄어 쓰지 않는다. 워드프로세스에서 스페이스바 한 칸은 한글 반 자이므로, 이들 뒤에서도 띄어 쓴다.

E.

　첫 문단에서 '사회적 권위가 정당성을 갖기 위해서는 어뗘해야 할까?'라는 문제를 제기하고, 둘째 문단에서 '구성원의 합의, 타인의 자유 침해, 토론, 기본적인 자유 보장' 등으로 그 답을 제시하고 있다. 밀의 『자유론』과 이청준의 소설 <당신들의 천국>에 대한 이해가 이들의 토대가 되었음을 알 수 있다. 기본 텍스트에 대한 통찰력이 글쓰기의 근간을 형성한다는 교훈을 여기서도 확인할 수 있다.

　이 글에서 셋째 문단이 결론의 역할을 하고 있는데, 문제는 둘째 문단과 셋째 문단이 병렬적인 구조를 하고 있다는 점이다. 셋째 문단의 내용이 둘째 문단의 내용에서 확장되거나 수렴되지 못하고, 동일한 패턴을 보이는 점은 마지막 문단의 존재 가치를 심각하게 훼손하는 것이다. 밀의 주장과 이청준 소설의 내용에 묻혀 글쓴이 자신의 목소리가 제대로 드러나지 않는 것도 이 글의 장점을 희석시키는 요인이다.

글쓰기 지도를 할 때에는 어떤 재료를 선택하는가, 연습 환경을 어떤 것으로 만드느냐가 중요하다. 흥미를 높일 수 있는 것, 접근이 어렵지 않은 것, 자신감을 갖게 하는 것 등이 모두 중요한 요소이다. 물론 글쓰기 능력을 키울 수 있는 연습 글감이라야 한다. 연습 재료가 목적과 절차가 분명해야 하는 이유도 이 때문이다. 글쓰기의 글감은 독서 후 발문에도 그대로 활용할 수 있는, 상호 텍스트적 관계에 있으므로, 독서지도에서 그대로 활용할 수 있다. 아래에서 논제를 정하는 두 가지 사례를 소개하고지 한다. 커뮤니티에서 지도자 과정을 수강생을 대상으로 한 예와 대구시립 모 도서관에서 개최했던 독서논술 대회의 주제를 정하는 과정이 그것이다.

 꽃등 이야기: 논제 구성의 예26)

독서논술지도사 심화과정(2급) 개강을 알리는 공지를 하였다. 연구소 카페 게시판에 실렸던 내용은 아래 박스와 같다. 첫 수업 시간에 한 수강생이 물었다. "선생님, 어제 공지에서 <꽃등>을 보고 무슨 뜻일까 무척 궁금했는데, 무슨 의미로 쓰셨어요?" 그는 <벌레엄마>라는 별명을 쓰는 회원으로 활달하고 적극적이며, 지난 강좌에서 총무를 하면서 성가신 일들을 도맡아 하기도 했다. 이번에 처음 강의에 초빙된 교수님도 강의를 마친 뒤, "수강생들 중에 얼굴과 이름을 연결할 수 있는 유일한 사람이 '벌레엄마 양OO' 씨"라고 했다. 그가 질문을 던진 것이다(그를 아는 사람들은, 그로부터 질문을 받은 내가 긴장할 수밖에 없는 이유도 알 것이다.).

[공지] 독서논술지도사 1기 개강

안녕하세요. <사막에 내리는 눈>에서는 출첵미션이 올해도 계속되고 있습니다.
독서논술지도사 2급과정 개강이 **1월 12일**입니다.

열정과 노력과 희열과 나눔이 우리에게 가장 잘 어울리는 단어가 될 것입니다.
기대와 설렘과 긴장과 여유 또한 오늘 우리의 모습이기도 합니다.

---

26) http://cafe.daum.net/lerc/8Q52/4

대구교대 **제1강의동 111호**에
먼저 나와 **꽃등**을 켜고 기다리겠습니다.

사실, 나는 <여러분과 함께 하는 인연을 소중하게 생각하며, 최선을 다해 강좌를 준비하였습니다. 일찍 나가 여러분들을 반갑게 맞겠습니다.>는 마음을 전하고 싶었고, 또 그런 문장을 씀으로써 나의 뜻을 전달할 수도 있었다. 그런데 내가 그 게시판에 글을 올리면서 최종적으로 선택한 것은 <꽃등>이었다. 일종의 은유적 표현이라 하겠는데, '꽃등'의 입장에서 보면, 그것은 수많은 가능성 중의 하나였던 자신이 '선택'된 것이었다. 이 글에 덧글이 "꽃등, 기분은 좋으네요."라고 달린 것이나, 수업 시간에 꽃등과 관련된 질문을 받은 것을 보면, <여러분과 함께 하는 ……>이라는 기술 태도를 취하지 않고 <꽃등>을 동원한 표현을 선택한 효과를 보았다고 할 수 있다.

이 질문을 받고 내가 수업 시간에 답했던 것은 대충 다음과 같은 내용이었다. 사실 이것은 내가 그 글을 쓰던 순간의 심정이 '온전히' 전달된 것이라고 할 순 없다(한 차례의 질문과 답변으로 그 상황이 마무리된 것은 나의 답변이 그럴듯했다기보다 질문자의 '세련된' 매너 덕이 컸기 때문임을 고백해야겠다.). <'꽃등'은 그냥 제가 쓴 것입니다. 개강을 기다리던 여러분들을 맞이하는 첫날의 심정을 표현하는 방편으로 사용한 것입니다. 말하자면, 휴가 나오는 아들을 맞는 어머니의 심정으로, 기다리던 임을 맞이하는 색시의 맘으로, 그렇게 여러분들을 맞겠다는 교수진의

뜻을 그 '꽃등'에 담아서 (게시판에 글을) 올렸습니다.>

이렇게 풀어 놓으면 구체적인 설명이 덧붙여졌으므로 그 문장의 의미를 이해하는 데 도움이 될 수도 있겠지만, 실상은 그렇지도 않다. 이렇게 풀어내는 말로 '꽃등'이라는 것을 제대로 설명하는 것이 가능하지 않다. 뿐만 아니라 '꽃등'이라는 살아 움직이는 단어가 생성해 내는 다양한 의미를 오히려 구속하는 측면이 강하다는 점을 고려하면, 사실은 이런 설명은 구차하다. 내가 특정한 의도를 가지고 그 의미를 <표현>함으로써 그 뜻을 <전달>하려는 시도로 선택한 '꽃등'은 나의 의도에 의해서 내 뜻대로 고정되는 것이 아니다. 독자가 그것을 접하는 순간 그것은 독자의 스펙트럼에 의해 그 빛깔이 결정된다.

꽃등은 우선 꽃을 연상시킨다. 졸업식이나 발표회 등에서 받는 꽃을 통해서 '꽃등'은 영광스럽고 기쁜 날이 주는 이미지를 흡입하여 그것을 의미 생성의 중심에 둘 수 있다. 프러포즈를 받아 보았다면 혹은 그렇지 못한 경우라도 우리는 일생의 최고점에서 맞는 그 순간의 경험을 떠올릴 수 있다. 그것이 환기하는 의미를 '꽃등'은 차용할 수 있다. 헌화를 하는 순간이 강렬한 인상으로 다가오는 독자라면, 흰 국화를 들었을 때의 엄숙하고 진지한 혹은 무거운 기운이 의미를 주도할 수도 있다. 가을 여행을 하던 어느 날 들판에 만개한 꽃들이 주는, 그 밝고 하늘거리는 꽃잎에 묻어나는 향기와 그것에서 전해 오는 우주의 기운이 의미를 생성할 수도 있다.

꽃등에서 등을 떠올릴 수도 있다. 홍등을 떠올리는 독자라면,

그는 그것에서 정열과 사랑과 욕망과 성취를 그려 낼 수 있다. 홍등은 뜨거운 사랑도 담고 있고, 그것의 이면에 도사리고 있는 질투와 음모의 의미도 함께 갖고 있다. 어떤 것이든 의미의 이면과 표면에 자리할 수 있다. 궁중에서 그려지는 홍등도 있고, 도시의 뒷골목에서 그려지는 그것도 있다. 이들이 생성하는 색채와 향의 종류와 농도는 한 뿌리를 두고 있되 가지는 양 극을 형성할 수도 있다. 사월 초파일에 켜는 연등이 피워 내는 향기가 있다. 가장 고귀한 빛깔과 수양의 절정에서 피어나는 꽃의 향을 대변하는 것이 될 수도 있다. 이들은 동일한 시니피앙(기표)을 두고 모두 독자의 영역에서 생성하는 각기 다른 시니피에(기의)라고 할 수 있다.

다음 [보기글]을 '대화' 상황으로 고정시켜서 보면, <글 쓰는 이의 선택에 의해 확정되는 문장이 생성하는 의미>와, <그것이 읽는 이에게 이해되는 형태>, 그리고 <읽는 이에게 확정되는 의미의 실체>라는 관점에서 바라볼 수 있다. 이를 단순화하면, <텍스트의 의미 구축 과정>, <독서 과정에서 독자의 의미 추출 과정>, 그리고 <독자에게 확정되는 의미의 실체> 등으로 구체화할 수 있다. 독자의 독서행위가 텍스트를 토대로 소통되는 의미 확정에 차지하는 비중과 의미 확정의 과정을 염두에 두고 다음의 것을 보기로 한다. 제시된 [보기글]에서 메시지 ①, ②, ③은 <내>가 보낸 것이고, ㉠과 ㉡, ㉢은 <내>가 받은 것이다.

문자 메시지는 우리 생활에서 가장 보편적으로 사용되며, 가장 사용빈도가 높은, 일상의 핵심 요소 중 하나가 되었다. 이는 전화 통화를 대신하는 기능에서부터 간단한 편지의 역할을 할 뿐만 아니라, 전통적으로 전보나 연하장이 가졌던 기능들을 빠른 속도로 대체해 가고 있다. 각종 이모티콘을 사용하고, 전자말의 독특한 어휘들을 생성해서 유통하고 있으며, 한 번에 보낼 수 있는 분량의 제약과 타이핑의 효율 등 기능적인 이유로 띄어쓰기를 하지 않는 것이 보편화되었다. 이를 재료로 하여 논제를 구성하는 요령을 간단히 살펴보기로 한다. 아래의 것은 [보기글]을 이용해 구성한 <가능한 질문 유형들>이다.

1. 메시지 ①에 대한 대답(회신)으로서 적절한 것을 ㉠, ㉡, ㉢에서 고르고, 그것이 대답이 되는 이유를 설명하라. 그리고 메시지 ①의 의미와 그것의 대답으로 고른 메시지의 의미를 서로의 <대화>의 관점에서 쓰시오. (이와 같은 문제로, 위의 <①>의 자리에 ② 혹은 ③을 넣어서 같은 문제를 2가지 더 만들 수 있

다.) 이 문제의 경우 주어지는 조건에 따라서 다양한 답이 가능하다. 조건을 <메시지 ①에 대한 답으로 ㉠, ㉡, ㉢ 중에서 하나만 고르게> 하거나, <메시지 ①에 대한 답으로 ㉠, ㉡, ㉢ 중에서 복수로 골라 각각의 경우에 어떤 의미의 차이가 있는지 기술하게> 할 수 있다. 질문 ②와 ③으로 대체될 경우에도 동일하게 적용할 수 있다.

2. 메시지 ①, ②, ③에 대한 대답으로서 가장 적절한 것을 ㉠, ㉡, ㉢에서 하나씩 골라 세 쌍의 짝을 짓고, 그런 짝이 이루어지는 이유를 설명하라. 그리고 각각의 메시지 짝이 생성하는 의미를 <대화>의 관점에서 쓰시오. 이와 같은 질문에서 변형할 수 있는 문제의 유형으로는, '그리고' 이하를 "각각의 메시지를 보내는 주체에 주목하여 <쌍방의 관계>(예를 들어 연인, 부자, 모자, 친구, 사제 등)에 대해서 근거를 들어 설명하라." 혹은 "메시지 ①, ②, ③에 대한 대답으로서 가장 부적절한 것을 ㉠, ㉡, ㉢에서 하나씩 골라 세 쌍의 짝을 짓고, 그런 짝이 이루어지는 이유를 설명하라."는 문제도 가능하다.

3. 내가 선생님으로부터 ①과 같은 메시지를 받았다면, ⓐ 선생님이 보낸 메시지의 의미가 무엇으로 이해되는지 구체적으로 기술하고, ⓑ 그 메시지의 의미에 근거해서 선생님이 메시지를 보낸 의도에 대해 적고, ⓒ 나는 어떤 답을 보낼 것인지 30 - 40자로 쓰고, ⓓ 내가 보내는 메시지의 의미가 무엇을 담고 있으

며, ⓔ 그 메시지를 보내는 취지 또는 의도에 대해서 구체적으로 적으시오(여기서 ⓑ와 ⓓ는 경우에 따라 모두 혹은 하나를 생략해도 무방하다.). 위 문장에서 ⓑ의 자리에 곧장 ⓒ의 질문을 넣고, ⓐ와 ⓒ가 어떤 의미를 담고 있는지 묻는 형태를 취할 수도 있다. 물론 위의 ①자리에 ②나 ③을 넣어 문제를 만들 수 있다.

4. 위 1, 2, 3 문항에서 제시하고 있는 문제 유형을 변형하는 것도 가능하다. 답신으로 도착한 ㉠, ㉡, ㉢을 먼저 제시하고, 이에 대한 질문을 추적하는 방식으로 문제를 구성하는 것도 하나의 방법이다. 문제를 구성하는 요령이나 발문을 제시하는 방법과 절차 등은 1, 2, 3에서 보기로 든 것과 다르지 않다. 이런 시도는, 동일한 답을 유도하지만, 유형의 적절한 변형을 통해 학습자가 문제에 대면하여 해답을 찾아가는 과정의 변화를 경험할수 있게 한다. 이는 타성에 젖은 사고와 글쓰기에 대한 반성의 기회를 삼을 기회를 제공하는 시도이다. 그리고 소위 사고의 '화석화'에 대한 예방과 치유를 위해서 활용할 수 있는, 간단한 장치이기도 하다.

💙 '꽃등 이야기: 논제 구성의 예'의 덧글

[김○인] 교수님께서는 언제쯤 시작하실까……. 그렇지 않아도 궁금하던 찰나에 글을 올려 주시네요. ^^ 머리를 식히는 용도는 아니었구요. 살짝 지끈거리는 정도였어요. 글을 읽으면서도 그저 저의 느낌입니다만, 지 선생님께서는 참 디테일하신 것 같

아요. 색깔이 분명하신 두 교수님에게 배우는 저는 참으로 행운
아라는 생각입니다.

[곽O화] 프린트도 했습니다. 선생님과 벌레엄마 사이에 어떤
일이 있었기에 한 분은 '꽃등'에 긴장하시고, 또 한 분은 '꽃등'
에 수긍할 수 없는 표정을 지었을까? 주 내용보다 배경화면에
더 눈길이 갔습니다.

[친절한 O미 씨] 보기글을 살짝만 바꾸면 초등에도 적용가능
할 듯합니다.

[임O미] 실제로 해 보면 재미있을 것 같네요. 자신은 없지만.

[행복한 O행이] 논제구성에 대해 간단명료하게 설명을 정말
잘해 주셨네요. 보면 고개가 끄덕하는데 직접 만들자니 여간 어
려운 게 아닙니다. 오늘부터 일기도 쓰고 책도 많이 읽고 개요
짜기 연습도 허벌나게 해야겠어요.

[이O희(청아)] '꽃등'에서 저는 '공리' 주연의 중국영화 '홍등'
이 생각났습니다. 교수님 글에서처럼 받아들이는 것은 읽는 사람
의 몫이겠죠. 교수님 글에서 많은 도움을 얻었습니다. 감사합니
다. ^ ^

[박O경] 저희들의 사고가 화석화되지 않도록 조언해 주시는
지쌤과 양쌤께 감사드립니다. 때론 숙제가 늘 마음 한구석을 짓
누르고 있지만 사회를 보는 시각이나 문제를 바라보는 눈이 조
금씩 달라짐을 느낍니다. 두 분 쌤과 다른 강사님께 감사의 말씀
을 드립니다.

[벌레엄마 양O숙] 벌레엄마 양OO 스타 되게 해 주신 거 감사 드립니다. 호이안에서는 '꽃등'이 유명하다는군요. 외지에서 온 이들과 외로운 영혼을 위해 아름다운 꽃등을 밝혀 놓는다고 합니다. 지쌤 호의에 감사하다는 표현을 마음과 달리 보인 듯하네요. 양쌤과 지쌤이 달아놓은 꽃등 따라 마음만 열공이지만 글도 따라가도록 할랍니다.

[♡한O리♡] '꽃등'(?) 저는 무심히 지났는데(지각을 한 관계)……. 논제에 대한 자료는 많이 참고하겠습니다.

[박O희] 교수님 글 잘 읽었습니다. 전 첫날 '꽃등'의 의미를 공감했습니다. 11년 전 신혼여행 다녀왔을 때 친정어머니께서 '꽃등'을 달아 놓고 맞이해 주셨거든요. 산골짜기 불빛 하나 없는 산속의 어둠을 백년손님을 위해 밝혀 주셨거든요. 교수님의 고마움을 충분히 알면서도 게으름을 피우고 있네요. 매번 읽는 수준에서 멈추고 흔적 남기기가 두려워서 밤잠만 설칩니다.

[정O정] 전 수업 첫날 환히 밝혀진 꽃등을 따라 강의실에 들어간 기분이었습니다. 주차할 곳을 찾지 못해 교문 밖에서 쩔쩔매고 있을 때 우리 스타 – 벌레엄마는 전화를 걸어 주어 친절하게 주차할 곳을 안내해 주고, 지쌤은 건물 밖까지 나와 지각생을 기다리고(아닌가? 저만의 착각인지는 몰라도) 계셨었거든요. ……김O미쌤 말씀대로 살짝 바꾸어서 아이들과 놀아볼까 봐요. 재미있을 것 같은데요.

[달팽이 김O득] '꽃등' 참 예쁜 말이죠? 꽃등이란 말 때문에

잠시 첫날의 설렘으로 젖어듭니다. 그저 감사할 뿐. 누군가에게 참한 꽃등을 달아 줄 수 있는 꽃등지기 되고 싶습니다.

[보라향기 김숙] 초심을 자극하는 신선한 표현(?)이었습니다. '꽃등'의 강렬한 빛을 받아 잘해야겠다는 생각이 들었구요, 논제 구성 잘 보겠습니다.

[푸르몽(황O희)] (뒷북칩니다.)선생님의 섬세하신 배려를 알기에 잊을 수 없는 말이 될 거 같습니다. 촛불 하나만 켜도 각별해지는 날일진대, 꽃등 켜 드는 마음이라면……

[도O화] 지쌤 마음과 글 기운 팍팍 받아서 열시미 숙제해 볼랍니다.

[윤O희] 기어가고 있는 저에게 날아가기를 원하시는 교수님! 그래도 저의 무지를 발견하고 세상을 보는 안목을 조금씩 길러 주시기에 그저 감사할 따름입니다…… 어제 저녁부터 몸살로 마스크 하고 컴 앞에 앉아 있습니다. 열정만큼 머리가 안 따라 좀 고생스럽습니다.

 Re: 〈꽃등〉이야기 〈덧글〉에 답함[27)

여러분의 <덧글> 하나가 오를 때마다 <꽃등>도 하나씩 켜집니다. 저에게도 영화 <홍등>은 강렬한 인상으로 남아 있습니다. 그리고 인도 갠지즈 강에 띄웠던 꽃등이 방금 생각났습니다(모친을 떠나보낸 지 얼마 지나지 않았을 때였습니다.). <보트마

---

27) http://cafe.daum.net/lerc/8Q52/5

켓>이라 불리는, 작은 배에 몇 가지 물건을 싣고 다니며 관광객을 상대로 장사하는 상인이 제게 다가와 권하던 것이 꽃등이었습니다. 그 사람은 저보다도 더 서툰 (인도식)영어로, 열심히 설명을 했습니다. 손짓과 표정과 눈빛으로 그는, 그 꽃등을 띄우는 의미를 설명했고, 저는 그 꽃등을 사서 생명의 강, 어머니의 강이라고 하는 갠지즈 강에 띄웠습니다.

그 꽃등은 생화로 만든 등이었습니다(아마 아닐지도 모릅니다.). 제 기억에는 그렇게 남아 있습니다(그렇게 믿고 싶은 것인지도 모르겠습니다.). 2-3달러 정도였을 그 등에 켜진 불은 30을 코앞에 둔 제게 그동안 제가 걸어온 인생을 비춰 주었습니다. 어머니와 함께 했던 기억, 어머니의 그늘, 어머니의 자리를 보게 했습니다. 떠나는 어머니가 가슴에 담고 갔을, 그 아쉬움과 안타까움과 이루지 못한 소망과 다 말하지 못한 말씀들을 전해 주는 불빛이기도 했습니다. 좋은 곳으로 편히 <떠나시라>고 그렇게 하시라고 말하면서도 내심 <정말> 그렇게 된다는 사실 앞에 참 암담하기도 했습니다. 물 위에 떠서 위태위태 흘러가면서도 어머니는 아들 모습을 마지막 순간까지 놓치지 않으려 했을 것입니다(아마 절대로 놓치지 않았을 것입니다.).

갠지즈 강물의 품에 안겨 흘러가는 그 등이 보이지 않을 때까지 불빛에서 눈을 떼지 못하고 있을 때, 어느덧 놀이 천지를 붉게 물들이고 있었습니다. 손바닥 위에 올라오는 작은 꽃잎 중앙에 심지를 단, 그 꽃등에 불을 붙이면서 붉어지기 시작한 눈시울이 놀빛에 녹아드는 날이었습니다. 10년이 지난 지금, 그 꽃등이 문득 떠오르네요. 기억의 바다에 흔적 없이 가라앉았던 그 청춘의 필름이 삐걱거리며 돌아가네요. 약간의 먼지를 털어 내니, 볼만하네요. 바래 가는 기억의 풍경과 그 시간여행이 주는 느낌이 포근하게 다가옵니다. 오늘 한창 눈이 내릴 때 창밖으로 향하던 그 시선이 꿈꾸던 것도 아마 그것이었나 봅니다.

<꽃등>으로 한 편의 글을 쓰게 해준 벌레엄마의 공덕이 큼을 다시 강조하면서, 고마운 마음을 전합니다. 모두들 힘 내소서. 꽃등을 켜소서.

♥ '<꽃등>이야기 <덧글>에 답함'에 대한 덧글

[곽○화] <보트마켓> - 언젠가 화면에서 본 기억이 난다. 그들 삶의 밑천을 그렇게 부르는구나. 소리 내어 읽어 보니 힘겨운 삶과 어쩐지 맞아떨어지는 소리다. 참 이상하지? 보트마켓 단 네 글자가 마음을 짠하게 울린다…… "편히 <떠나시라>고 그렇게 하시라고 말하면서도 내심 <정말> 그렇게 된다는 사실 앞에 참 암담"함, 거부할 수 없는 운명이 내 것처럼 와 닿습니다.

[벌레엄마 양○숙] 어머니의 마음은 백발의 아들이 문밖출입할 때도 당부의 말씀을 잊지 못합니다. 흘러가는 물이 잔잔해 보이지만 소용돌이가 일고 바위돌이 나타나고 폭포에 휘밀리기도 합니다. 그런 길을 부모님은 꽃등을 달아 길을 밝혀 주십니다. 꽃등 감사드려요.

[이○희(청아)] 감히 공감한다고 말씀드릴 순 없지만 그 느낌이

참 진실되게 다가옵니다. 자주 많이 읽으라던 교수님 말씀에 힘 입어서 저도 꽃등 하나 켜 보려고 노력 중입니다. 간절함을 담아 서요.

[ε♡3홍O희] 개강 인사로 꽃등을 켜고 기다리겠다는 지쌤의 글을 보고 '과연 지쌤다운 표현이구나' 하는 생각을 하였습니다. 우리 샘들을 위해 꽃등을 밝혔듯이 연구소의 아이들을 위해서 또 하나의 꽃등을 밝혀 주십시오. 지쌤에게는 꽃등이지만 아이들 에게는 더 크고 아름다운 등대의 불빛이 될 것입니다.

[♡한O리♡] '꽃등' – 참 따뜻하고 어여쁜 말이에요. 전 '어머 니'라고 하면 항상 무어라 표현할 수 없는 슬프고도 짓누르는 것 같은 무게감을 느끼곤 합니다. 어머니 가신 길을 꽃등으로 밝혀 주신 지쌤의 맘이 아름다워 보이네요.

[박O경] 남편 공부 때문에 외국에 있다 엄마 위독하시다는 소 식에 한달음에 달려왔지만 입관도 보지 못했습니다. 지쌤의 글 속의 어머님은 늘 절 안타까움과 미안함으로 다시 되돌아가게 합니다. 몇 년이 지났지만 아직도 가슴이 저리고 입언저리가 울 먹이게 됩니다. 그 아픔이 아픔으로 남게 하지 않고 누군가를 위 해, 또 마음속 깊은 곳에 있는 엄마를 위해 저도 꽃등을 밝히겠 습니다. 선생님 아름다운 글, 감사합니다.

[정O분] 지쌤의 어머니에 대한 애잔한 추억을 읽으려니 오늘 따라 저도 어머니가 무척이나 보고 싶고 그립습니다. 그 어머니 는 지금 제 곁에 계시지 않습니다. 제 마음속에 언제나 살아 숨

쉬고 그리고 웃고 계십니다. 어머니 생각만 하면 왜 이리 가슴이
저미는 걸까요? 그건 가족 위해 희생만 하다가 삶을 마감한 한
여인의 애틋한 사랑 때문이겠지요.

::독서논술대회 논제 선정의 예

1. [위원A]의 논제 초안

사회적 권위가 개인의 자유를 제한하려면 어떤 정당성을 확보해야 하는가? J. S. 밀의 '자유론'에서 이론적 근거를 찾고 이청준의 소설 "당신들의 천국"을 예로 들어 그 해답을 논하시오.

2. 논제 초안에 대한 검토

2.1. 밀의 '자유론': 최대한 다양하게 인간 발전을 추구할 수 있어야 한다.
  - <다름>을 용납 않고 붕어빵 같은 삶을 강요하는 현대사회를 우려한다.
  - <독선과 획일>이 초래하는 갈등은 민주주의에 대한 불신을 낳는다.
  - 독선에 기인한 갈등과 혼란은 <권위주의>에 대한 빌미를 제공한다.

2.2. 이청준의 '당신들의 천국' : '우리'가 되지 않는 한 '당신'은 당신일 뿐이다.
  - <원장 : 원생＝모범적 통치 : 차별 해소>의 문제이다.
  - 근원적인 문제는 '인간/환자'라는 차별적 인식이다.
  - '천국'의 건설은 차별의 해소가 아닌, 심화·고착이다.

2.3. 논제의 문구: '사회적 권위'의 중의성의 소지가 있다.

- 공권력 등 정치적 행위로서의 권력

- 도덕이나 신념 등 이데올로기적 권위

- 계약 등 당사자 간 합의로서의 강제

3. [위원B]의 의견

3.1. 사회적 권위가 개인적 자유를 '제한'할 경우의 문제로 한정됨으로 인해

- 개인의 자유 확대를 위해 사회적 권위가 할 수 있는 역할

- 개인의 자유가 사회적 권위의 가치를 제한·훼손하는 예와 이의 개선 방안

- 개인의 자유와 사회적 권위의 상보적 관계 설정의 가능성 등의 다양한 논의 가능성이 제한되므로, 논의 범주의 확장을 위해서

3.2. 논제는

<사회 **권위**(권력): 개인 **자유**>의 '관계'를 중심으로 세시하고, '가치'를 유보함으로써 참가자들이 가치를 선택히여 글의 주제를 창의적으로 생산할 수 있게 하는 것도 좋을 듯합니다.

a안: '사회적 권위'와 '개인의 자유' 사이의 관계에 대해 J. S. 밀이 『
    자유론』에서 주장하는 바를 근거로, 이청준이 『당신들의 천국』
    에서 제기하는 문제를 추출하고, 이의 해답을 논하시오.
b안: 이청준의 『당신들의 천국』에서 '천국'이 갖는 '차별·소외'나
    '지배/피지배'의 요소를 예로 들고, 이를 『자유론』에 나타난 밀
    의 견해를 빌려 문제의 원인과 해결책을 제시하시오.

4. [위원C]의 조정 의견

1) 1안:

<당신들의 천국>에서 '천국'이 갖는 '차별·소외'나 '지배/피지배'의
요소를 예로 들고, 이를 <자유론>에 나타난 밀의 견해를 빌려 문제
의 원인과 해결책을 제시하시오.

위에서 '차별·소외'나 '지배/피지배'라는 '중간 단계의 답'을
미리 주지 말고, '천국'이 지니는 문제 자체를 도출하고 그 원인
과 해결책을 쓰되, 문제 해결의 이론적 근거를 '자유론'에서 찾
으라고 하는 방법이 있음. '문제'가 매우 다양해질 수 있다는 점
이 장점이 될 수도 있고, 단점이 될 수도 있음.

2) 2안:

> 사회적 권위가 개인의 자유를 제한하려면 어떤 정당성을 확보해야
> 하는가? J. S. 밀의 '자유론'에서 이론적 근거를 찾고 이청준의 소설
> '당신들의 천국'을 예로 들어 그 해답을 논하시오.

위에서 '사회적 권위' 자체는 중의적이지만 '우리들의 천국'(문
맥상 '당신들의 천국': 옮긴이)'을 예로 들어서 쓰라고 했으므로
그 중의성 문제는 해소될 수 있다고 보면 원안도 좋은 것 같음·

5. [위원C]의 견해를 반영한 수정안

수정 1안

> 이청준의 『당신들의 천국』에서 '천국'이 지니는 문제점을 도출하고,
> 『자유론』에 나타난 밀의 견해를 빌려 그 문제의 원인과 해결책을 논
> 하시오.

수정 2안

> 사회적 권위가 개인의 자유를 제한하려면 어떤 정당성을 확보해야
> 하는가? J. S. 밀의 『자유론』에서 이론적 근거를 찾고, 이청준의 소
> 설 『당신들의 천국』을 예로 들어 그 해답을 논하시오.

수정안에 덧붙이는 의견

위의 1안은 소설 이해에서 이론적 적용으로 확대되는 형식이고, 2안은 이론적 토대 위에 작품이 원용되는 구도입니다. 1안과 2안 모두 나름의 장점을 가졌습니다. 어느 것으로 선정해도 좋을 것 같습니다. 대회 '참가자'의 입장에서 선호도가 높은 주제로 선정하시는 것도 좋을 듯합니다.

6. 선정된 논제와 논제 해설[28]

> 사회적 권위가 개인의 자유를 제한하려면 어떤 정당성을 확보해야 하는가? J. S. 밀의 『자유론』에서 이론적 근거를 찾고, 이청준의 소설 『당신들의 천국』을 예로 들어 그 해답을 논하시오.

이 논제는 "개인의 자유와 국가의 권위가 어떻게 조화해야 하는가"를 묻는 내용이다.

우선 밀은 개인의 절대적 자유를 강조하면서, 원칙적으로는 개인의 자유를 침해하는 어떠한 개입도 있어선 안 된다는 전제하에 글을 풀어 가고 있다. 예외적으로 '더 나쁜 결과를 피하기 위해' 또는 '(상대가)미숙한 미성년자와 같은 상태'거나 '사회적 공리를 위해서'일 경우는 가능하다고 말한다. 밀은 그런 경우조차 진리를 발견하거나 강화하기 위해서는 토론과 표현의 자유가 허용돼야 한다고 주장한다. 밀이 말한 진리는 논제의 '사회적 권위'에 해당한다. 밀은 표현의 자유가 허용되지 못할 경우 진리에

---

28) 논제 해설 부분은 '위원A'가 초고를 작성하였다.

대한 확신이 있다 해도 그것은 '신념(일종의 이데올로기)'이나 '미신'으로 전락하고 만다고 경계한다. 결국 사회적 권위가 개인의 자유를 제한하기 위해서는 토론과 표현의 자유를 보장한 뒤 간섭과 통제에 대한 절차적 정당성을 확보해야 한다.

'당신들의 천국'에서 문제가 되는 것은 그러한 기회가 박탈당했다는 것이다. 그렇다고 밀의 주장대로 섬사람들이 판단능력이 없는 상태는 더더욱 아니다. 환자이긴 하지만 황장로 같은 이들은 오히려 원장의 우상화를 경계할 정도로 혜안을 지녔다.

섬은 그러한 절차적 합의 없이 외부인의 생각에 맞춘 천국을 강요당한 것이다. '우리들의 천국'이 되기 위해 사회적 권위(조 원장)가 해야 할 일은 무엇인가? 밀은 자유론에서 '이런 과정을 통해 국가가 사람들의 생각을 특정 방향으로 유도하는 일이 있어서는 안 된다. 종교, 정치 또는 기타 논쟁의 여지가 있는 과목에 대한 시험에서는 그 내용의 진위에 관해서 물어서는 <u>안</u> 된다.'고 말한다. 조 원장은 섬사람들이 자존감과 독립심을 키우도록 도와주는 역할로 만족하고, 스스로가 자신들의 천국을 설계하도록 해야 한다는 것이다. 이것은 그들을 정상인과 똑같은 인격적인 존재로 바라볼 때 가능하다. 정상적으로 배를 타고 섬을 빠져 나갈 수 있는 이상욱 과장이 목숨 걸고 헤엄쳐서 섬을 탈출하는 모습을 보인 것도 환자와 정상인이 같은 선택권을 가진 동등한 인격을 가졌다는 웅변이다. 조 원장이 다시 평범한 자연인으로 섬에 돌아온 뒤 주례를 서는 결혼은 그러한 조화의 상징이다. 비로소 섬사람들은 자신들의 천국을 갖게 된 것이다.

부록

독서논술 커뮤니티 교재 설계안

문장 쓰기

자기브랜드

7. 소통의 현장 – 설득하기/논거구성

지현배 ────────────────────────────────

마산에서 태어나 경북대학교 사범대학 국어교육과를 졸업하고 같은 학교 대학원에서 현대 문학 전공으로 박사학위를 취득하였다. 『문학예술』을 통해 시인으로 등단했다. 한국현대시와 대구경북 지역문학, 독서와 작문, 한국어교육 분야의 연구와 강의를 하고 있다.

『실용작문』(공저), 『한국의 언어와 문화』(공저), 『디지털 시대의 독서와 작문』 등과 『시 읽기와 시 교육』, 『삶의 그림으로서의 시 창작 강의』, 『운동주 시의 세계』, 『근현대 대구지역 문학의 흐름과 특성』(공저), 『근현대 경북지역 문학의 흐름과 특성』(공저) 등의 책을 냈다.

독서와 작문 커뮤니티

초판인쇄 | 2009년 6월 30일
초판발행 | 2009년 6월 30일

지은이 | 지현배
펴낸이 | 채종준
펴낸곳 | 한국학술정보㈜
주 소 | 경기도 파주시 교하읍 문발리 파주출판문화정보산업단지 513-5
전 화 | 031) 908-3181(대표)
팩 스 | 031) 908-3189
홈페이지 | http://www.kstudy.com
E-mail | 출판사업부 publish@kstudy.com

등 록 | 제일산-115호(2000. 6. 19)
가 격 | 22,000원
ISBN   aper Book)
        978-89-268-0118-5 08810 (e-Book)

어담 Books 는 한국학술정보(주)의 지식실용서 브랜드입니다.